suhrkamp taschenbuch 2246

Das bekannteste Buch des Niederländers Cees Nooteboom, 1991 unter dem Titel *Die folgende Geschichte* erschienen, findet bei Kritikern und Lesern höchste Anerkennung. Man ist sich darin einig, daß es Nooteboom auf höchstem literarischen Niveau gelungen ist, seinem Thema, dem Reisen, gültige Form zu verleihen. Auch sein erster Roman, 1954 entstanden und 1958 zum ersten Mal auf deutsch erschienen, handelt über das Reisen. In *Das Paradies ist nebenan,* das in den Niederlanden zum Kultbuch einer ganzen Generation geworden ist, ist das Reisen des Ich-Erzählers, von der Provence bis nach Dänemark, die Form, in der er die Realität und die Schicksale von Menschen erfährt - und zugleich erfährt, daß man sich mit der gemeinhin akzeptierten Realität allein nicht abfinden kann, ist doch das Paradies stets nebenan.

Von Cees Nooteboom, geboren 1933, erschienen im Suhrkamp Verlag bisher: *Ein Lied vom Schein und Sein* (BS 1024); *Rituale.* Roman (st 1968); *In den niederländischen Bergen.* Roman; *Berliner Notizen* (es 1639); *Moskusei.* Eine Liebesgeschichte; *Die folgende Geschichte*; *Umweg nach Santiago.*

Cees Nooteboom
Das Paradies ist nebenan

Roman

Mit einem Nachwort
zur Neuausgabe

Aus dem Niederländischen
von Josef Tichy

Suhrkamp

Titel der Originalausgabe:
Philip en de anderen, Amsterdam 1955
Die deutsche Übersetzung erschien zuerst
1958 im Eugen Diederichs Verlag.
Umschlag: Hermann Michels
Foto: Kees van den Berg

suhrkamp taschenbuch 2246
Erste Auflage dieser Ausgabe 1993

Satz: Fotosatz Otto Gutfreund, Darmstadt
Druck: Ebner Ulm
Printed in Germany

3 4 5 6 - 98 97 96 95 94 93

Pour Nicole et pour notre ami
aux cheveux gris

Ces povres resveurs, ces amoureux enfans
Constantijn Huygens

Je rêve que je dors, je rêve que je rêve
Paul Eluard

Erstes Buch

Erstes Kapitel

Mein Onkel Antonin Alexander war ein merkwürdiger Mann. Als ich ihn zum erstenmal sah, zählte ich zehn Jahre und er etwa siebzig. Er wohnte im Gooiland in einem häßlichen, schrecklich großen, mit den seltsamsten, überflüssigsten und abscheulichsten Möbeln vollgestopften Haus. Ich war damals noch sehr klein, und ich reichte nicht bis zur Glocke. An die Tür zu klopfen oder mit dem Briefkasten zu klappern, wie ich es anderswo immer tat, wagte ich hier nicht. Ratlos lief ich schließlich einfach um das Haus herum. Dort saß mein Onkel Alexander in einem wackeligen, mit verschossenem violettem Plüsch überzogenen und mit drei gelblichen Schutzdeckchen belegten Lehnstuhl. Und er war wirklich der merkwürdigste Mann, den ich je gesehen habe. An jeder Hand trug er zwei Ringe; und erst später, als ich nach sechs Jahren zum zweitenmal kam, um bei ihm zu bleiben, erkannte ich, daß ihr Gold Kupfer war und die roten und grünen Steine – ›Ich habe einen Onkel, der trägt Rubine und Smaragde‹ – gefärbtes Glas.

»Bist du Philipp?« fragte er.

»Ja, Onkel«, sagte ich zu der Gestalt in dem Stuhl. Ich sah bloß die Hände. Der Kopf war im Schatten.

»Hast du mir etwas mitgebracht?« fragte die Stimme weiter. Ich hatte nichts mitgebracht, und ich antwortete: »Ich glaube nicht, Onkel.«

»Du mußt doch etwas mitbringen.«

Ich denke nicht, daß ich das damals töricht fand. Wenn jemand kam, mußte er eigentlich etwas mitbringen. Ich stellte mein Köfferchen hin und ging zurück, der Straße nach. Im Garten neben dem meines Onkels Alexander hatte ich Azaleen gesehen, und ich schlich mich vorsichtig durch die Gittertür und schnitt mit dem Taschenmesser ein paar Blüten ab.

Zum zweitenmal stand ich vor der Terrasse.

»Ich habe Blumen für dich mitgebracht, Onkel«, sagte ich. Er stand auf, und jetzt erst sah ich sein Gesicht.

»Das rechne ich dir besonders hoch an«, erklärte er und machte eine kleine Verbeugung. »Wollen wir ein Fest feiern?«

Er wartete meine Antwort nicht ab und zog mich an der Hand ins Haus hinein. Irgendwo knipste er ein kleines Lämpchen an, so daß gelbliches Licht die wunderliche Stube füllte. Dieser Raum war in der Mitte voll von Stühlen; an den Wänden standen drei Sofas mit einer Menge weicher Kissen, hellbraun und grau. Vor der Wand mit den Terrassentüren stand eine Art Klavier, von dem ich später erfuhr, daß es ein Cembalo war.

Er setzte mich auf ein Sofa und sagte: »Leg dich schön hin, nimm dir aber viele Kissen!« Er selbst legte sich auf ein anderes Sofa, an der Wand mir gegenüber; und nun konnte ich ihn nicht mehr sehen, wegen der hohen Rücken der Stühle, die zwischen uns standen.

»Wir wollen also ein Fest feiern«, sagte er. »Was tust du gern?«

Ich las gern, und ich schaute gern Bilder an; aber das kann man auf einem Fest nicht machen, dachte ich – sagte es jedoch nicht. Ich überlegte eine Weile und erklärte: »Spät am Abend in einem Autobus fahren, oder in der Nacht.«

Ich wartete auf eine Zustimmung; doch sie kam nicht.

»Am Wasser sitzen«, meinte ich, »und im Regen spazierengehen und manchmal jemanden küssen.«

»Wen?« fragte er.

»Niemanden, den ich kenne«, erwiderte ich; aber das stimmte nicht.

Ich hörte, wie er aufstand und auf mein Sofa zuging.

»Wir feiern jetzt ein Fest«, erklärte er. »Wir fahren zuerst mit dem Autobus nach Loenen und dann wieder zurück nach Loosdrecht. Dort setzen wir uns ans Wasser, und vielleicht trinken wir auch etwas. Dann fahren wir wieder mit dem Bus heim. Komm!«

So habe ich meinen Onkel Alexander kennengelernt. Er hatte ein altes, weißliches Gesicht, an dem alle Linien abwärts liefen, eine schöne schmale Nase und dichte, schwarze Brauen, die wie alte, zerzauste Vögel aussahen.

Sein Mund war lang und rosarot; und meist trug mein Onkel Alexander ein Judenkäppchen, obwohl er kein Jude war. Ich glaube, er hatte unter dem Käppchen keine Haare; aber das weiß ich nicht bestimmt. An diesem Abend gab es das erste richtige Fest, das ich je mitgemacht habe.

Es waren fast keine Leute in dem Bus. Und ich dachte: Ein Autobus in der Nacht ist wie eine Insel, auf der man beinahe allein wohnt. Man kann sein Gesicht in den Fenstern sehen; und man hört das leise Reden der Menschen, wie Farbtupfen in dem Summen des Motors. Das gelbe Licht der kleinen Lämpchen macht die Dinge innen und außen anders, und das Nickel klirrt wegen der Steine auf der Straße. Weil es sowenig Leute sind, hält der Bus fast nie; und man muß dann denken, wie er wohl von außen her aussehen mag, wenn er über den Deich fährt, mit den großen Augen vorn, den gelben Quadraten der Fenster und dem roten Licht hinten.

Mein Onkel Alexander setzte sich nicht neben mich; er nahm in einer ganz anderen Ecke Platz. »Sonst ist es nämlich kein Fest mehr, wenn man miteinander reden muß«, sagte er. Und das ist wahr.

Als ich von hinten her in die Windschutzscheibe schaute, sah ich ihn sitzen. Es war, als schliefe er; aber seine Hände strichen über das Köfferchen, das er mitgenommen hatte. Ich hätte ihn gern gefragt, was darin war; aber ich dachte, er würde es vielleicht doch nicht sagen.

In Loosdrecht stiegen wir aus und gingen, bis wir an das Wasser kamen.

Dort öffnete mein Onkel Alexander das Köfferchen und nahm ein Stück altes Segeltuch heraus, das er über das Gras breitete, weil es so naß war.

Wir setzten uns dem Monde zu, der vor uns grünlich im Wasser schwankte, und hörten das Schlurfen der Kühe auf der Wiese jenseits des Deiches. Es waren auch Nebelfetzen und kleine Dunstschleier über dem Wasser und seltsame kleine Geräusche in der Nacht, so daß ich zuerst nicht merkte, daß mein Onkel anscheinend leise weinte.

Ich sagte: »Weinst du, Onkel?«

»Nein, ich weine nicht«, entgegnete mein Onkel; und nun wußte ich sicher, daß er weinte. Und ich fragte ihn: »Warum bist du nicht verheiratet?« Aber er erklärte: »Ich bin ja verheiratet. Ich habe mich selbst geheiratet.« Und er trank etwas aus einer kleinen flachen Flasche, die er in seiner Innentasche hatte; Courvoisier stand darauf, aber das konnte ich damals nicht aussprechen. Dann fuhr er fort: »Ich bin ja verheiratet. Hast du vielleicht schon von den Metamorphosen des Ovid gehört?«

Ich hatte noch nie etwas davon gehört; doch er meinte, das sei kein Unglück, denn eigentlich hätten sie gar nicht soviel damit zu tun.

»Ich habe mich selbst geheiratet«, wiederholte er. »Nicht mich selber, wie ich damals war, sondern eine Erinnerung, die zu meinem Ich geworden ist. Verstehst du das?« fragte er.

»Nein, Onkel«, gestand ich.

»Gut«, sagte mein Onkel Alexander. Und er erkundigte sich, ob ich Schokolade gern hätte. Aber ich machte mir nichts aus Schokolade, so daß er die Stangen, die er für mich mitgenommen hatte, selbst aufaß.

Dann falteten wir gemeinsam das Segeltuch wieder zu einem kleinen rechteckigen Päckchen und taten es in den Koffer. Über den Deich schlenderten wir zurück zur Autobushaltestelle; und als wir zu den Häusern der Menschen kamen, rochen wir den Jasmin, und wir hörten, wie das Wasser leise gegen die kleinen Ruderboote am Landeplatz schlug. An der Haltestelle sahen wir ein Mädchen in rotem Kleid; die Kleine verabschiedete sich von ihrem Freund. Ich sah, wie sie ihm mit rascher Geste die Hand an den Nacken legte und seinen Kopf zu ihren Lippen zog. Sie küßte ihn auf den Mund, aber ganz kurz, und stieg dann eilends in den Bus.

Als wir in den Wagen kamen, war sie schon ein anderer Mensch geworden.

Mein Onkel Alexander setzte sich neben mich; und daran erkannte ich, daß nun das Fest zu Ende war. In Hilversum half der Schaffner ihm aussteigen; denn er war sehr müde geworden, und er sah ganz, ganz alt aus.

»Heute nacht spiele ich für dich«, sagte er. Es war nämlich Nacht geworden, und auf der Straße herrschte tiefe Stille.

»Wie meinst du das, spielen?« fragte ich; aber er gab keine Antwort. Eigentlich achtete er nicht mehr so recht auf mich, auch nicht, als wir wieder zu Hause waren, im Zimmer.

Er setzte sich an das Cembalo, und ich stellte mich hinter ihn und schaute ihm auf die Hände, die das Schlüsselchen zweimal umdrehten und dann den Deckel öffneten.

»Partita«, sagte er, »Sinfonia.« Und er begann zu spielen.

Ich hatte das nie zuvor gehört, und ich dachte, nur mein Onkel Alexander könnte so etwas. Es klang wie sehr lange vergangen; und als ich mich wieder auf mein Sofa legte, rückte es ganz weit weg.

Ich konnte im Garten allerlei Dinge sehen; und es war, als gehörte das alles zu der Musik und zu dem leisen Schnauben meines Onkels Alexander.

Ab und zu sagte er unvermittelt etwas.

»Sarabande«, rief er, »Sarabande.« Und später: »Menuett.«

Der Raum füllte sich mit den Klängen; und weil ich spürte, daß es fast zu Ende war, wünschte ich mir, der Onkel sollte nie mehr aufhören. Als er den letzten Ton angeschlagen hatte, hörte ich, wie er keuchte; er war ja schon ein alter Mann. Eine kleine Weile blieb er so sitzen; dann aber stand er auf und wandte sich zu mir. Seine Augen leuchteten, und sie waren ganz groß und dunkelgrün; und er gestikulierte lebhaft mit den großen, weißen Händen.

»Warum stehst du nicht auf?« sagte er. »Du mußt aufstehen.«

Ich stand auf und ging zu meinem Onkel hin.

»Das ist Herr Bach«, stellte er vor.

Ich sah niemanden; aber der Onkel mußte wohl ganz bestimmt jemanden sehen, denn er lachte so merkwürdig und sagte: »Und das ist Philipp, Philipp Emanuel.«

Ich wußte nicht, daß ich auch den Vornamen Emanuel trug; aber später erzählte man mir, mein Onkel Alexander habe bei meiner Geburt darauf gedrungen, weil einer von Bachs Söhnen so hieß.

»Gib Herrn Bach die Hand«, befahl mein Onkel. »Geschwind, gib ihm doch die Hand!«

Ich glaube nicht, daß ich Angst hatte – ich streckte den Arm in die Luft und tat, als schüttelte ich eine Hand. Da erblickte ich plötzlich an der Wand einen Stich: ein dicker Mann mit einer Menge Locken, der mich freundlich, aber von sehr weit her ansah.

›Johann Sebastian Bach‹ stand darunter.

»So ist's recht«, sagte mein Onkel. »So ist's recht.«

»Darf ich jetzt schlafen gehen, Onkel?« fragte ich; ich war sehr müde.

»Schlafen gehen? Ja, natürlich – wir müssen zu Bett«, sagte er. Und er führte mich in eine kleine Kammer mit gelber, kleingeblümter Tapete und einer alten eisernen Bettstelle mit Messingknaufen.

»In dem grauen Schränkchen ist ein Nachtgeschirr«, sagte er und ging fort. Ich fiel sofort in Schlaf.

Am Morgen erwachte ich, weil die Sonne durch die Fensterscheiben wärmte. Ich rührte mich nicht; denn da gab es viele merkwürdige Dinge.

Neben mir auf dem grauen Schränkchen standen die Azaleen, die ich am Abend für meinen Onkel Alexander gepflückt hatte. Beim Schlafengehen waren sie nicht da gewesen, das wußte ich bestimmt – also mußte er sie in der Nacht, während ich schlief, hingestellt haben.

An der Wand hingen vier Sachen. Ein Stück Zeitung, sorgsam ausgeschnitten und mit vier Messingzwecken befestigt. Das Papier war ganz vergilbt, aber ich konnte es noch gut lesen. Es trug die Überschrift: ›Schiffsabfahrten und -standorte 12. September 1910‹. Daneben hing ein alter Farbdruck unter Glas, in schwarzlackiertem Rahmen. Zwischen Bild und Glas hatte sich viel Staub abgesetzt, so daß die Farben matt geworden waren. ›Return from School‹ stand darauf, und ein Junge in Kniehose und mit breitkrempigem Hut sprang aus einer zweispännigen Kutsche und lief rasch auf seine Mutter zu, die an der Tür mit ausgebreiteten Armen auf ihn wartete. Im Garten des Hauses blühten große gelbe und blaue Blumen, die ich noch nie in Wirklichkeit gesehen hatte.

An der anderen Wand hing ein Schwimmdiplom A, Brust- und Rückenschwimmen; und mit dünnen, spitzen Buchstaben stand darauf: ›Inhaber Paul Sweeloo‹. Knapp darüber hing, auf Pappe aufgezogen, ein großes, vergilbtes Foto eines Inderknaben mit klaren, großen Augen und Ponyfransen in der Stirn, wie ich sie habe.

Ich stieg langsam aus dem Bett, um hinunterzugehen.

Die Kammer ging auf einen langen Korridor hinaus, auf den sich noch viele andere Zimmer öffneten. An allen Türen horchte ich, ob mein Onkel Alexander vielleicht irgendwo drinnen war; und ich versuchte, auch durch die Schlüssellöcher zu spähen, doch das gelang nicht.

Mit beiden Händen am Geländer lief ich die Treppe hinunter und blickte in die Diele. Es war ganz still im Haus, und mir wurde ein wenig bange, denn ich wußte nicht mehr, welche von den Türen die gestrige war.

Deshalb nahm ich mein Taschenmesser, klappte die Klinge heraus und legte es flach auf das Parkett der Diele.

Dann versetzte ich es in rasche Umdrehung und wartete, bis es stillstand. Überall waren Türen, und die Tür, auf welche die Spitze meines Taschenmessers wies, wollte ich öffnen. Es war die Tür des Zimmers mit den Sofas; denn als ich ganz sachte die Klinke gedrückt hatte und die Tür einen Spalt offenstand, hörte ich meinen Onkel Alexander schlafen. Er lag noch angekleidet auf dem Sofa, den Mund offen und die Knie ein wenig angezogen. Die Arme hingen ihm schlaff hinunter, so daß die Hände den Boden berührten. Ich konnte den Onkel jetzt sehr genau sehen und bemerkte, daß er einen schwarzen Rock trug und eine Hose ohne Umschlag – ›gestreifte Hose‹ sagt man dazu; und die Männer tragen sie, wenn sie heiraten oder wenn sie zu einem Begräbnis gehen, oder wenn sie sehr alt geworden sind, wie mein Onkel Antonin Alexander.

Weil ich fürchtete, er könnte aufwachen, schloß ich wieder behutsam die Tür, damit das Schloß nicht klickte; und ich ging wieder in meine Kammer hinauf.

Und jetzt sah ich die Bücher – Paul Sweeloos Bücher. Es waren nicht viele; und bei den meisten konnte ich damals die Titel noch nicht lesen; aber sechs Jahre später, als ich in der gleichen Kammer schlief, habe ich sie mir einmal aufgeschrieben. Das erste in der Reihe hieß ›Deutsches Jahrbüchlein für Zahnärzte 1909‹.

Darinnen stand: ›Für Paul Sweeloo, von...‹; doch das konnte ich nicht entziffern. Dann ein Band der Gesammelten Werke von Bilderdijk – ›Für Paul Sweeloo, von Alexander, Deinem Freunde‹. Ich verstand damals nicht recht, wie das Buch hierher kam; wenn man, so dachte ich, ein Buch verschenkt, behält man es doch nicht selbst?

Das nächste war Immanuel Kants ›Kritik der reinen Vernunft‹ – ›Für Paul Sweeloo, von Deinem Dir zugetanen...‹; und wieder konnte ich den Namen nicht lesen.

So ging es weiter: ›Histoire de la Révolution Française‹ in sieben Bänden, von Michelet; ›Die Architektur und ihre Hauptperioden‹ von Henri Eevers; ›Le Rouge et le Noir‹ von Stendhal; C. Busken Huets Briefe, herausgegeben von seiner Frau und seinem Sohn; und schließlich ein ganz kleines altes Büchlein ›Dell' Imitazione di Cristo. Di Tommaso da Kempis‹.

In allen Büchern stand gleichlautend: ›Für Paul Sweeloo, von...‹; aber die Namen dahinter waren unleserlich.

Zwischendurch warf ich, gleichsam hilfesuchend, einen Blick auf das Porträt; aber der Inderknabe sah mich seltsam an, und plötzlich wurde mir klar, daß ich in seinen Büchern blätterte. ›Bist du Paul Sweeloo?‹ dachte ich; und ich stellte die Bücher wieder in den Schrank zurück, so daß sie mit ihren Rücken scharf ausgerichtet standen. Als ich das getan hatte, bemerkte ich, daß meine Hände voll dichten, grauen Staubes waren.

Auf dem untersten Regal des Bücherschrankes stand eine große Kiste; und da ich in meiner hockenden Stellung das Porträt mit seinen großen Augen doch nicht sehen konnte, hob ich vorsichtig den Deckel. Es war ein Grammophon.

Es war noch eine Platte aufgelegt, die Gralserzählung aus Lohengrin von Richard Wagner. Neben der Platte lag eine Handkurbel, die man draußen in den Kasten stecken und mit der man drehen mußte, um Musik zu bekommen. Ich fächelte mit meinem Taschentuch den Staub von der Platte und begann zu drehen. Die Musik war laut, und mißgünstig nahm sie von dem Raum Besitz, als wäre ich nicht mehr vorhanden.

Weil die Platte so laut spielte, hörte ich meinen Onkel Alexander erst, als er in der Tür stand. Er war gelaufen, keuchte und schrie:

»Abstellen – du mußt die Platte abstellen.«

Er schob mich zur Seite, und in einer wilden oder vielleicht auch angstvollen Gebärde riß er den schweren Tonarm mit der Nadel von der Platte, so daß sie einen tiefen Kratzer abbekam und die Musik mit einem Aufkreischen abbrach, ganz plötzlich.

Mein Onkel Alexander wartete, bis er nicht mehr so keuchte; dann hob er behutsam, fast scheu, die Platte ab und ging mit ihr in eine Ecke des Zimmers.

»Ein Kratzer!« murmelte er. »Ein Kratzer auf der Platte!« Und als wäre es Staub, versuchte er, den Kratzer mit einer Manschette seines weißen Hemdes wegzuwischen. Ich zog die Kurbel aus dem Loch und legte sie in den Grammophonkasten zurück. Dann ging ich hinunter.

Draußen spielten Kinder. Von der Terrasse her hörte ich sie rufen:

»Wer spielt mit uns Zauberhexe?
Wer spielt mit uns Zauberhexe?«

Durch die Sträucher hinter dem Gitter konnte ich die Kinder gut sehen. Es war ein braunes Mädchen mit sehr langem, hellblondem Haar, in einem lichtblauen, ärmellosen Kleid. Der Junge war klein und hatte ein schmales, altkluges Gesicht mit grauen Augen. Er hinkte ein wenig.

Als das Mädchen dicht an die Stelle des Gitters kam, wo ich stand, trat ich aus dem Gebüsch und sagte: »Ich möchte gern mitspielen, aber ich weiß nicht, wie es geht.«

»Wer bist du?« fragte die Kleine.

»Ich bin Philipp Emanuel.«

»Das ist ein dummer Name«, erklärte der Junge, der auch hinzugetreten war. »Und du darfst nicht mitspielen, weil du Mädchenhaare hast.«

»Das ist nicht wahr«, widersprach ich. »Ich bin ein Junge.«

»Das ist schon wahr«, beharrte er und begann in quengelndem Tone zu singen:

»Philipp hat Mädchenhaare
Philipp ist du-umm
Philipp darf nicht mitspielen.«

»Gib Ruhe«, rief das Mädchen, »hör auf! Er kann schon mitspielen.«

»Er darf nicht.«

»Geh fort!« befahl sie. Und zu mir: »Kommst du mit?«

»Wohin?« fragte ich. Aber die Kleine zog die Brauen ganz hoch, so daß ihre Augen riesengroß wurden, und antwortete: »Nach Afrika natürlich.«

»Aber das ist doch viel zu weit.«

»Ach, du Idiot!« schrie der Junge. »Afrika ist doch überhaupt nicht weit. Es ist um die Ecke – in der nächsten Straße.«

»Halt den Mund!« sagte die Kleine. »Halt dein großes Dreckmaul!«

»Kommst du mit?« fragte sie mich wieder. Und ich kletterte über das Gitter und ging mit ihr, der Straße nach.

»Wenn er mitkommt, komm ich nicht wieder«, zeterte der Junge erbost, »weil er Mädchenhaare hat und nicht einmal weiß, wo Afrika liegt.«

Ich habe keine Mädchenhaare, wollte ich widersprechen, und ich weiß genau, wo Afrika liegt: um die Ecke, in der nächsten Straße; aber sie sagte: »Er kommt wieder.« Und wir zogen miteinander davon, während der Junge am Gitter stehenblieb und plötzlich zu schreien begann: »Philipp geht mit Ingrid. Ingrid geht mit Philipp.«

Wir sahen uns nicht um, und ich sagte zu ihr: »Stimmt das?«

»Ich weiß nicht«, entgegnete sie. »Ich muß noch darüber nachdenken. Hier um die Ecke ist Afrika.«

Es war ein Stück freies Gelände, auf dem in nächster Zeit Häuser gebaut werden sollten; es stand dort nämlich eine große Tafel: ›Bauvorhaben. Häuser nach Fertigstellung zu verkaufen‹.

Ingrid spuckte auf die Tafel. »Drecktafel!« sagte sie.

Der Boden war voll Löcher, und an einer Stelle stand eine große Pfütze, die ganz mit glitschigen, hellgrünen Wasserpflanzen überzogen war. Ferner gab es da und dort Flecken grauweißen, harten Sandes und einen kleinen Hügel aus fettiger, gelber Erde – Lehm, denke ich. Aber es standen auch Sträucher auf dem Platz und scharfkantiges hohes Gras, mit etwas Bärenklau und Hahnenfuß dazwischen.

Ingrid durchquerte, vor mir her, Afrika auf einem schmalen Pfade und schlug mit einem Stock gegen die trockenen Blätter der Sträucher, so daß große Fliegen summend aufflogen.

Auf einem kahlen, offenen Fleck setzten wir uns hin.

»Hast du Proviant?« fragte sie. Aber ich hatte natürlich nichts.

»Dann müssen wir uns erst mit Proviant versorgen«, beschloß sie; und wir verfolgten wieder einen anderen Pfad, bis wir zu den Häusern kamen.

»In diesem Geschäft dort«, erklärte Ingrid, »haben sie keine losen Pfefferminztabletten, nur in Rollen. Du mußt da fragen: ›Haben Sie auch lose Plätzchen?‹«

»Warum?« fragte ich. »Wenn sie ja doch keine haben?«

»Ich sag' dir's nicht«, erklärte sie. »Sonst traust du dich nicht mehr.«

»Und ob ich mich traue!« beteuerte ich. »Wenn ich es tue, bin ich dann dein Freund?«

Sie nickte bejahend.

Wir gingen hinein; und als die Glocke ausgeklingelt hatte, kam eine dicke Frau in glänzendschwarzem Kleid hervor.

»Haben Sie, bitte, lose Pfefferminzplätzchen, Frau Krämerin?« fragte ich. Aber sie hatte keine.

Draußen begann Ingrid plötzlich zu laufen, bis wir wieder um die Ecke bogen.

»Schau!« sagte sie, als wir stehenblieben. Und sie machte vorsichtig eine Hand ein wenig auf, und ich sah, daß sie die Hände voll Korinthen hatte, die sie jetzt behutsam in ihre Kleidertaschen gleiten ließ.

»Jetzt bin ich dein Freund«, erinnerte ich sie; und ich gab meiner Freundin die Hand, und wir gingen nach Afrika zurück. Und auf dem gelben Hügel, von dem aus wir ganz Afrika, bis an die Grenzen, sehen konnten, aßen wir die Korinthen.

Meine Freundin Ingrid sagte nichts mehr und begann mich zu mustern.

Sie bewegte ganz langsam den Kopf, so daß ihr Haar die Arme entlang hin und her schwang. Aber es war, als bewegten sich ihre Augen nicht mehr. Während auch ich sie ständig betrachtete, zeigte ich mit der Hand nach rechts und sagte: »Diese Blumen dort, das ist Wiesenschaumkraut.«

Aber meine Freundin Ingrid schwieg und blickte mich bloß an.

So kam es, daß wir beide aus weiter Ferne eine Glocke hörten. Ingrid stand auf, und ich auch. »Das ist die Glocke von unserem Haus«, sagte sie – und dann: »Ich will gern mit dir gehen.« Und mit noch offenem Munde küßte meine

Freundin mich ganz rasch, so daß meine Lippen naß wurden und ich ihre Zähne spürte. Dann lief sie eilends davon. Ich ging erst später; und ich fand den Weg leicht, weil Ingrid überall Blätter von den Sträuchern und den Gartenhecken abgerissen hatte.

Beim Hause meines Onkels Alexander stak ein Briefchen an einer Spitze des Gitters. Ich öffnete das Schreiben und las: ›Dein Onkel ist ein warmer Bruder.‹ In diesem Augenblick kam mein Onkel Alexander den Gartenweg heran, und ich knüllte das Papier in meine Tasche. »Wo warst du?« fragte er. »In Afrika, Onkel«, antwortete ich. »Mit meiner Freundin Ingrid.«

»Es ist Zeit für deinen Zug«, meinte er. »Hier ist dein Köfferchen.« Und er verschwand wieder in den Garten.

Es war wiederum die gleiche Jahreszeit, aber sechs Jahre später, als ich das zweitemal zu meinem Onkel Antonin Alexander kam, jetzt, um bei ihm zu bleiben. Ich reichte nun leicht zur Glocke; aber da ich dachte, er würde wohl auf der Terrasse sitzen, ging ich um das Haus herum. Zuerst sah ich die Hände.

»Bist du es, Philipp?« fragte er.

»Ja, Onkel«, erwiderte ich.

»Hast du mir etwas mitgebracht?«

Ich gab ihm die Azaleen, die ich im Nebengarten abgeschnitten hatte.

»Das rechne ich dir besonders hoch an«, sagte er; und sitzend – er war jetzt noch älter geworden – machte er eine kleine Verbeugung, so daß sein Kopf für einen Augenblick ins Licht kam.

»Setz dich«, lud er mich ein. Aber es war kein Stuhl da, und so setzte ich mich zu seinen Füßen auf eine der Holzstufen zur Terrasse, mit dem Rücken zu ihm.

»Dieser Junge, der gesagt hat, daß du Mädchenhaare hast, war im Recht«, begann die Stimme hinter mir. »Daß der Junge es sagte, war eine Geste der Verteidigung – bring dir das wohl zu Bewußtsein! Die Menschen müssen sich gegen alles Fremdartige zur Wehr setzen.« Er hielt einen Augenblick inne; und der Garten und der Abend regten sich rings um uns.

»Sie ist alt, die Geschichte vom Paradies. Wir kennen sie alle sehr gut; und das ist nicht verwunderlich, denn die einzige wirkliche Begründung für unser Dasein ist die Hoffnung, wiederum in dieses Paradies zu kommen, obwohl das nicht möglich ist.« Er keuchte ganz leise. »Doch wir können ihm ganz nahe kommen, Philipp, näher als die Leute glauben. Aber sobald jemand sich diesem nichtvorhandenen Paradies nähert, beginnen die Menschen sich gegen ihn zur Wehr zu setzen. Das Merkwürdige ist nämlich folgendes: die Augen der Menschen stehen verkehrt, die Linsen sind verkehrt geschliffen. Je mehr man sich deshalb jenem unerreichbaren Zustand der Vollendung nähert, desto kleiner wird man zwar – aber in den Augen der Menschen wird man dabei größer; und dagegen müssen sie sich zwangsweise zur Wehr setzen, weil sie immer die verkehrten Schlüsse ziehen.«

»Wenn ich Ringe trage« – und er hob die Hände mit den Ringen, von denen ich jetzt wußte, daß sie aus Kupfer und Glas waren – »dann sagen die Leute, das sei Eitelkeit, und ich hätte meiner Eitelkeit Zugeständnisse gemacht. Aber es gibt nichts dergleichen, wie der Eitelkeit Zugeständnisse machen – es gibt nur so etwas wie vor dieser Eitelkeit das Feld räumen; und das bedeutet ein Abbröckeln. Ich bröckele ab, weil ich meiner Eitelkeit Teile meines Selbst aufopfere; und dadurch werde ich kleiner. Für die Leute werde ich fremdartig und deshalb größer – vor mir selber jedoch werde ich im Laufe der Zeit immer gewöhnlicher und dadurch kleiner. Es ist so wie mit Inseln. Je kleiner die Insel, desto größer die Ausschließlichkeit – aber die kleinste Insel ist fast schon Meer. Und nicht die Menschen unserer Umgebung sind das Meer; sondern der Gott, der wir werden wollen, den wir vor uns sehen und der unseren Namen trägt, der ist das Meer: wir leben ständig der eigenen Göttlichkeit entgegen. Das darfst du nie vergessen. Verstehst du, was ich meine?« fragte er.

»Nicht ganz, Onkel«, antwortete ich.

»Ich bin sehr müde«, sagte er. Und er fuhr fort, nun jedoch sehr langsam:

»Wir sind geboren, um Götter zu werden, und zugleich, um zu sterben; das ist verrückt. Das zweite ist nur für uns schrecklich, weil wir dadurch das erste nie erreichen können. Aber das erste ist für die anderen etwas Furchtbares. Ein Gott ist etwas Furchtbares, weil er vollkommen ist. Und vor nichts hat der Mensch solche Angst wie vor dem Vollkommenen, und vor dem Fremdartigen, das ein Abglanz der Göttlichkeit ist, jener unendlichen Stufenleiter von Möglichkeiten, darunter der fremdartigsten. Und doch bleiben wir stets irgendwo stecken; es fällt schwer, das zugeben zu müssen.«

Er hielt inne, weil er nicht mehr sprechen konnte. Aber nach einer kleinen Weile sagte er ganz deutlich: »Und dann gibt es auch noch so etwas wie die Ekstase.«

»Verstehst du das«, fragte er, »was ich eben gesagt habe?«

Ich glaube nicht, dachte ich; und ich antwortete: »Ein wenig.«

Er nahm die Blumen aus seinem Schoß und stand auf. »Komm«, sprach er, »wir wollen ein Fest feiern.« Ich legte mich auf mein Sofa, und er sich auf das seine.

»Ach, zum Teufel«, hörte ich ihn murmeln, »du bist so sterblich, mein Lieber. Aber du darfst nicht aufhören – versprich mir das! –, du darfst nicht aufhören, wahnwitzig zu sein und zu versuchen, ein Gott zu werden.«

Ich hörte, wie er lachte und dann leise zu singen begann:

»›Où allez-vous?‹
›Au Paradis!‹
›Si vous allez au Paradis, je vais aussi.‹«

»Sag das zu mir!« rief er. »Sag es schon!« Und ich sang:

»Où allez-vous?«

Und er antwortete voll drängenden Eifers:

»Au Paradis!«
»Si vous allez au Paradis, je vais aussi«,

versprach ich.

Und dann holte mein Onkel Alexander das Köfferchen, und wir nahmen den Bus nach Loenen und von dort nach Loosdrecht. Das Tiefland lag ruhig da, so wie immer des Abends. Und nachdem wir das Segeltuch über das Gras gebreitet hatten, weil es so naß war, tranken wir von dem Courvoisier und redeten nichts mehr.

Später, als es Nacht war, gingen wir zur Autobushaltestelle auf dem Deich; und diesmal war kein Mädchen in rotem Kleid dort.

Im Bus setzte sich mein Onkel Alexander neben mich. Und er sagte: »Dieses Mädchen, das den Jungen auf den Mund geküßt hat, war jetzt nicht da. Aber für uns ist es noch da, glaube ich; denn die Dinge, die uns umgeben, bleiben erfüllt von unseren Erinnerungen.«

»Übrigens ist der Mund nicht das Wichtigste – sondern die Hände. Hände sind das Schönste.«

Auf der Straße, nachdem wir ausgestiegen waren, sagte er: »Heute nacht spiele ich für dich.« Und als wir heimgekommen waren und er sich hinter das Cembalo setzte, war es, als wäre er nicht mehr müde.

»Partita Nummer zwei«, rief er. »Sinfonia.« Und während er sich wie ein großer, zerzauster Vogel über die Tasten duckte, flüsterte er: »Adagio grave.«

Ich lag auf meinem Sofa, den Kopf meinem Onkel zugekehrt, und lauschte dem kleinen, wehmütigen Klang der Kielfedern gegen die Saiten und dem Schnauben meines Onkels Alexander.

»Allemande«, sagte er. »Allemande, Courante, Sarabande – siehst du sie tanzen? Schön! Schön!«

Plötzlich wurde mir klar, daß ich niemanden unter den Menschen so lieb hatte wie meinen Onkel Antonin Alexander, wenn ich zusah, wie er das Rondo spielte und für einen Augenblick den Kopf mit den großen, grünen Augen zu mir wandte und flüsterte:

»Vivace! Siehst du das? Oh!«

Nach dem letzten Teil, dem ungestümen Capriccio, blieb mein Onkel mit gesenkten Armen sitzen. »Ich sollte weiterspielen, aber ich kann nicht mehr«, erklärte er. Nach einer kleinen Weile stand er auf, und auch ich erhob mich von meinem Sofa. Seine Augen glänzten wieder und waren tief wie Wasser, als er sagte:

»Das ist Herr Bach, Johann Sebastian Bach.«

Ich verbeugte mich und tat, als schüttelte ich eine Hand.

»Und das hier ist Vivaldi«, zeigte mein Onkel ins Zimmer, »Antonio Vivaldi ... Domenico Scarlatti.« Und er nannte all die anderen Namen: »Geminiani, Bonporti, Corelli.« Und ich verbeugte mich und sagte: »Sono tanto felice ... Philipp, Philipp Emanuel Vanderley. Es ist mir eine Ehre ... Es ist mir ein Vergnügen.«

Nachdem ich ihnen allen die Hand gegeben hatte, fragte ich, ob ich schlafen gehen könnte. »Ja«, erwiderte mein Onkel Alexander. »Du mußt ins Bett. Es ist spät geworden, weil sie alle gekommen sind. Geh nur hinauf; es ist die vierte Tür im Gang.«

Die Kammer war noch ganz unverändert. Und als ich in der Frühe erwachte, sah ich die Bücher noch so stehen, wie ich sie zurückgelassen hatte, und ich sah auch wieder die Azaleen neben meinem Bett. Und ich überlegte, wie es gewesen sein mochte, wenn mein Onkel Alexander nachts, während ich schlief, mich ansah; aber dann fiel mir ein, daß der Junge im Porträt doch auch die ganze Nacht dagewesen war, an der Wand.

Er war nämlich noch da; nur fand ich, daß er vielleicht schöner geworden war.

Und plötzlich schien es, als sagte er zu mir: »Ich habe ein Geheimnis.«

Ich blickte ihn nochmals an. Aber er war wieder fremd geworden und sehr fern – und doch war mir gewesen, als hätte er sich eben mit der Hand durch das Haar gestrichen.

Ich hob den Deckel des Grammophons und nahm die Handkurbel heraus. Dann zog ich die Feder auf, und nachdem ich die Nadel auf die Platte gesetzt hatte, ging ich zur Tür, um meinen Onkel Alexander kommen zu hören. Seine raschen Schritte auf der Treppe wurden nun – durch das verzerrte Schreien des Tenors und das ärgerliche Knacken des Kratzers hindurch – vernehmbar.

Der Onkel riß die Tür auf. Rote Flecken waren in sein Gesicht getreten, und ich sah, daß seine Handflächen naß waren. Ja, und seine Lippen standen offen, und an den Mundwinkeln hing Speichel.

Aber mein Onkel Alexander zeterte nicht; und als ich die Platte abgestellt hatte, sagte er: »Ich werde dir alles erzählen.«

Der Junge an der Wand bewegte vielleicht den Mund; aber das kann ich mir auch nur eingebildet haben. Auf alle Fälle gingen wir hinunter in den Garten; und wir setzten uns auf eine Bank, mit den Füßen im nassen, hohen Gras.

»Er hieß Paul Sweeloo«, begann mein Onkel Alexander. »Und er war hier mit seinem Vater auf langem Urlaub aus Indien. Seine Mutter war eine Eingeborene; aber sie lebte, glaube ich, nicht mehr – jedenfalls war sie nicht dabei, und Paul sprach nie von ihr.

Er hat in diesem Hause gewohnt. Aber der Garten war damals viel größer und grenzte an den meinen, der dort lag, wo jetzt die neuen Häuser stehen. Ich sah den Jungen oft umhergehen; und weil er niemanden vermutete, sprach er immer laut. Ich konnte seine Worte nicht verstehen, da er nicht nahe genug zum Gitter kam. Wohl aber merkte ich, daß er nie lachte und daß er immer irgend etwas zwischen den Fingern zerknüllte oder Blätter abriß. Ich habe nie gewagt, ihn anzurufen; einmal jedoch kam er so dicht an meinem Garten vorbei, daß ich seine Worte verstand. ›Es ist niemand da‹, sagte er, ›überhaupt niemand.‹«

Mein Onkel Alexander schob sich auf der Bank hin und her und schlenkerte mit den Füßen durch das Gras, daß es raschelte.

»Ja«, sagte er, »und weil ich damals doch etwas gesprochen habe, sitze ich vielleicht jetzt hier auf seiner Bank. Ich habe nämlich gesagt: ›Das stimmt nicht. Ich bin da.‹ Der Junge hat sich umgedreht, und ich sah, daß er die Augen eines Tieres hatte, eines Raubtieres – es waren schwarze Augen, und als sie mich in meinem Garten gefunden hatten, ließen sie mich nicht mehr los. Er verzog den Mund und schüttelte wild den Kopf. ›Wer bist du denn?‹ fragte er und kam näher. ›Ich kenne dich ja gar nicht.‹

›Ich bin von dem Hause nebenan‹, antwortete ich und kletterte über das Gitter. Er half mir auf den Boden; ich konnte nämlich nicht besonders gut klettern.

›Du bist schon ein alter Mann‹, meinte er. ›Du hast ja schon ein bißchen graue Haare. Warum redest du mit mir?‹

›Du solltest nicht barfuß gehen‹, erklärte ich. ›Das Gras ist viel zu naß.‹

›Das ist mir gleich. Schau!‹ – und er ließ mich seine harten Fußsohlen sehen – ›In Indien gehe ich immer barfuß.‹ Und plötzlich stampfte er mit dem Fuß auf. ›Geh fort aus meinem Garten – du bist ein alter Mann!‹

Das ist jetzt schon vierzig Jahre her; aber er war damals zehn Jahre alt, und ich bin also viel älter gewesen.

›Dann hilf mir über das Gitter‹, forderte ich ihn auf.

›Nein‹, sagte er. ›Du kannst es selber sehr gut.‹ Aber es war ein hohes Gitter, und ich hatte Angst, ich könnte fallen, und er würde dann lachen. Und darum erklärte ich: ›Ich habe etwas an meinem Bein.‹

Er trat vor, um mir zu helfen; und als er die Hände zu einem Auftritt für meine Füße verschränkte, spürte ich, wie stark er war.

›Deine Hände werden schmutzig werden von meinen Schuhen‹, warnte ich.

›Dann zieh sie eben aus‹, meinte er ungeduldig. ›Oder hast

du vielleicht Angst, daß du nasse Füße kriegst?‹ Das war es nicht; aber ich dachte, meine Füße würden lächerlich alt und weiß aussehen im Vergleich zu den seinen.

›Laß nur!‹ lehnte ich ab. ›Ich bringe es schon allein zuwege.‹ Natürlich fiel ich hin, an meiner Seite des Gitters; als ich jedoch aufblickte, ob er wohl lache, bemerkte ich, daß er verschwunden war. ›He!‹ rief ich. ›Komm hervor, ich sehe dich ja doch.‹ Aber ich hatte nichts gesehen, und in seinem Garten rührte sich nichts. ›Ich bleibe hier stehen, bis du herauskommst‹, rief ich wieder. ›Ich bleibe hier die ganze Zeit stehen.‹«

»Ja«, sagte mein Onkel Alexander, »ich bin dort stehengeblieben und habe mir vorgestellt, wie lächerlich ich dem Knaben erscheinen mußte, der irgendwo nach mir spähte, wie ein Jäger im Gebüsch. Meine Hose war zerrissen; und es hatte sachte zu regnen begonnen, so daß mir bald Kälte und Nässe zusetzten.

Plötzlich erhob sich auch noch ein Wind, wodurch der Baum, unter dem ich stand, seine Tropfen über mich versprühte. Aber die Bäume in dem Garten des Jungen regten sich nicht; und als ich ringsumher blickte, sah ich, daß auch die Bäume meines Gartens unter dem leise niederschleiernden Regen unbewegt dastanden. Und der Junge begann über meinem Kopf zu lachen und schüttelte die Äste noch stärker.

›Komm herunter!‹ rief ich. ›Du wirst gleich fallen.‹

›Ich falle nie‹, behauptete er. Und er ließ sich herabgleiten wie ein geschmeidiges Tier.

›Du mußt essen gehen‹, meinte er. ›Ich habe in deinem Haus einen Gong gehört.‹

›Willst du mitkommen und bei mir essen?‹ fragte ich; und ich dachte, er würde es nicht tun. Aber er antwortete: ›Eigentlich ja.‹ Und wir gingen in mein Haus essen. Bei Tisch sprach er nichts, und auch ich wußte nicht recht, was ich mit ihm reden sollte. Und mitten im Essen stand er plötzlich auf und sagte: ›Jetzt muß ich zu mir essen gehen. Leb wohl.‹ Und er ging und zog die Tür hinter sich zu.

Am nächsten Tag saß ich in meiner Laube, die nahe dem Rande seines Gartens stand. Aber ich bekam den Knaben nicht zu Gesicht; auch an den folgenden Tagen nicht, so daß ich dachte, er wäre vielleicht heimgefahren, nach Indien. Aber eine Woche später tauchte er plötzlich wieder auf. Ich saß in meinem Gartenhäuschen, als ich ihn rufen hörte. ›Hu-uh-hoi!‹ rief er und ließ die Stimme überschlagen, wie Kinder es tun, wenn sie einander rufen. ›Hu-uh! He, wo bist du?‹

Ich war erstaunt über seine äußere Erscheinung: er trug glänzend geputzte hohe Schuhe, lange schwarze Strümpfe und einen neuen, gestärkten Matrosenanzug.

›Warum bist du so schön?‹ fragte ich.

Er zuckte die Achseln. ›Ich möchte Geburtstag haben, heute.‹

›Hast du denn Geburtstag?‹

›Nein, natürlich nicht, Dämling. Ich sage doch: Ich möchte Geburtstag haben. Du mußt auch kommen, heute nachmittag; und du mußt alle möglichen Leute mitnehmen. Mein Vater ist nicht zu Hause; und du mußt mit allen diesen Leuten kommen. An einem Geburtstag gibt es doch immer sehr viele Menschen, und die bringen dann Sachen mit.‹

›Wen soll ich denn mitnehmen?‹ fragte ich ihn.

›Deine Freunde natürlich. Du hast doch Freunde, und die kommen dann mit; und die sind genauso alt wie du.‹

›Aber ich habe keine Freunde‹ – ich war ganz verzweifelt.

›Lügner!‹ rief er und stampfte zornig mit dem Fuß auf. Jetzt war er sehr schön, weil seine Augen groß und weit aufgerissen waren. ›Du lügst. Bestimmt hast du Freunde.‹«

Mein Onkel Alexander seufzte. »Es war sehr peinlich«, erzählte er weiter, »aber ich habe ihm gesagt, daß ich zwar vielleicht ein paar Freunde hätte, daß die aber an einem gewöhnlichen Wochentag nicht würden kommen können.

Da hättest du ihn sehen sollen. Er wurde immer schöner vor lauter Zorn und schrie: ›Dann krieg ich nur von dir allein was!‹

›Nein, natürlich nicht‹, beschwichtigte ich ihn rasch.

›Meine Freunde geben mir doch etwas mit, wenn sie selbst nicht kommen können.‹

Er hielt den Kopf schief und kniff die Lippen zusammen.

›Ist das dein Ernst?‹ fragte er.

›Mein voller Ernst.‹

›Was geben sie dir denn mit? Ich möchte gern Bücher haben, in denen vorn drinnen steht, daß sie für mich sind.‹

›Was für Bücher?‹ erkundigte ich mich. Aber er zuckte die Achseln: ›Das ist mir gleich ... Nein‹ – und er überlegte einen Augenblick – ›am liebsten große oder, eh, deutsche.‹

›Kannst du denn die lesen?‹ fragte ich.

›Ach, hol dich der Kuckuck!‹ rief er und ging auf sein Haus zu. Unterwegs drehte er sich um und schrie: ›Um halb vier!‹

›Ja, um halb vier!‹ rief ich zurück.

Nachmittags hatte er seinen Matrosenanzug wieder abgelegt. ›Er tut mir am Hals weh, und er kitzelt überall. Und du kommst ja doch allein ... Was ist denn in diesem Koffer?‹

›Die Geschenke meiner Freunde.‹

›Ist es viel?‹ fragte er. ›Es ist ein großer Koffer, aber der ist natürlich nicht voll.‹

Ich ließ das Schloß aufspringen. Der Koffer war voll von Büchern – den Büchern, die du oben gesehen hast.

Er fuhr mit seiner Hand darüber hin.

›Die alle‹, flüsterte er. ›Die alle!‹ Und er wippte auf seinen Beinen hin und her und wiederholte dann zu mir: ›Die alle?‹

Er begann sie herauszunehmen und stellte sie in eine Reihe. ›Wer hat die alle hergegeben?‹ fragte er. Und ich ersann die Freunde, die ich nicht hatte, und betonte, es hätte ihnen schrecklich leid getan, daß sie nicht selbst kommen konnten.

Inzwischen zählte er die Bücher. ›Mein Gott!‹ rief er. ›Es sind viele. Aber das hier sind sieben gleiche, diese deutschen.‹

›Es sind französische‹, erklärte ich. ›Und sie sind nicht alle gleich; es sind verschiedene Bände von einem Werk.‹

›Wirklich?‹ fragte er.«

Mein Onkel Alexander blickte mich an, als erwartete er irgendeine Bemerkung von mir. Aber ich machte keine, weil ich Angst hatte, er würde dann nichts mehr von dem Grammophon erzählen. So blieb es still, bis er sagte:

»Die Geschichte ist aus.«

»Und das Grammophon?« fragte ich.

»Nein«, wehrte mein Onkel Alexander ab.

Erst viel später nahm er seine Erzählung wieder auf.

»An diesem Nachmittag feierten wir sein Geburtstagsfest. Ich saß in einem Stuhl am Fenster, weil ich ihm nicht helfen durfte. Er war nämlich dabei, die Seitenzahlen seiner Bücher zusammenzuzählen; und er fürchtete, ich könnte vielleicht einen Fehler machen, und dann wüßte er es nicht genau. Und so sah ich ihn sitzen – ich glaube, er hatte mich vergessen; denn er biß sich auf die Unterlippe, und von Zeit zu Zeit murmelte er leise und stieß mit den Füßen gegen den Tisch.

Einen Monat später war das Haus zu verkaufen, weil sie wieder nach Indien zurückkehrten, sein Vater und er. Ich habe es gekauft; und als er fort war, habe ich die Bücher gefunden, zusammen mit den anderen Sachen in der Kammer.«

»Und das Grammophon?« fragte ich.

»Nein«, wehrte mein Onkel Alexander ab.

»Und er?«

»Das weiß ich nicht«, erklärte mein Onkel Alexander und stand auf und ging hinein. Er schloß die Terrassentüren hinter sich.

Ich blieb zwei Jahre bei meinem Onkel Alexander; und ich lernte viel von ihm, weil er so alt war. Und dann, nach zwei Jahren, an einem Maiabend, fragte ich ihn, ob ich fort dürfte, nach Frankreich.

An dem Abend, bevor ich verreisen sollte, sah ich plötzlich, daß das Cembalo verschwunden war.

»Wo ist das Cembalo?« fragte ich.

Mein Onkel Alexander stand an der Stelle, wo das Instrument gewesen war.

»Manchmal bin ich sehr müde geworden, wenn ich gespielt habe«, erklärte er, »ganz arg müde. Und ich bin jetzt alt geworden. Du bleibst lange weg. Vielleicht bin ich noch da, wenn du zurückkommst. Schlaf gut!«

Am nächsten Morgen fand ich wieder Azaleen an meinem Bett, und sie waren violett; und daneben lag auch ein Hundertguldenschein. Ja, und als ich durch das Zimmer im Erdgeschoß ging, um den ersten Zug nach Breda zu erreichen, sah ich, daß mein Onkel Alexander auf dem Sofa schlief, mit halboffenem Munde und die Knie hochgezogen; und ich sah, daß seine Hand über dem Fußboden gestikulierte.

Draußen war es kalt und neblig über den Dingen, und das Haus stand hoch und häßlich mitten in dem allen.

Und ich ging nicht an den Häusern vorbei, die man über Afrika erbaut hatte.

Zweites Kapitel

Ach ja, per Anhalter fahren! Es war nicht so einfach, in die Provence zu kommen. Da war zum Beispiel der Mann in seinem alten Skoda-Wagen, vor Antwerpen.

»Wie viele Kühe sind das?« fragte er. »Dort auf der Wiese?«

»Ich weiß nicht«, antwortete ich. »So rasch kann ich nicht zählen.«

»Sechsunddreißig«, rief er triumphierend. »Zünd mir mal eine Zigarette an!«

Ich steckte ihm die Zigarette zwischen die grauen Lippen und gab ihm Feuer. Er inhalierte tief und blies den fettigen Rauch an die Windschutzscheibe und mir ins Gesicht und sagte: »Rauchvorhang. Haha!«

»Aber das mit den Kühen, das ist kinderleicht.« Er schnippte mit den Fingern, was seine Schwierigkeit hatte, weil sie sehr dick waren. »Ganz einfach: Du zählst die Beine und dividierst durch vier.« Und er schaute mich an, ob ich lachte; und so lachte ich.

»Haha!« wieherte er. »Hast du nicht gekannt, was? Ein guter Witz, aber mit einem üppigen Vollbart. Du hast schöne lange Haare, hörst du? He, du spielst sicher manchmal mit kleinen Jungen.« Und er begann, mich ins Bein zu kneifen, ganz sachte.

»Ich will aussteigen«, verlangte ich.

Er bremste so heftig, daß ich mit der Stirn gegen die Windschutzscheibe stieß.

»Hinaus!« rief er. »Verdufte! Und zwar rasch!«

Ich riß meinen Rucksack vom Rücksitz hoch, und als er irgendwo hängenblieb, schmiß der Mann ihn hinaus, auf mich. Da fing ich an zu laufen, bis ich hörte, daß er die Wagentür zuschlug. Aber er schrie noch durch das Seitenfenster: »Püppchen, Püppchen!« Und erst dann fuhr er davon. Ich glaube, daß ich sehr zitterte. Aber ich mußte weiter und begann wieder, vorbeifahrenden Autos zu winken.

Und nun darf mich niemand fragen, wie viele Tage es waren nach dem Tag, da dies geschah, daß ich mit der kleinen Jacqueline – ihren anderen Namen wußte ich nicht – auf der Place du Forum in Arles tanzte.

Sie hieß Jacqueline; denn die Mädchen und Burschen, die um uns herum tanzten, riefen: »Bon soir, Jacqueline!« und sie grüßte zurück: »Bon soir, Ninette!«, »Bon soir, Nicole!« Und dann lachte sie mich an, und wir tanzten weiter. Und ihr Haar wehte beim Tanz, rötlich und lose. Wir tanzten ununterbrochen miteinander; und später am Abend schmiegte sie sich dichter an mich und hielt die Hände auf meinem Rücken oder an meinem Nacken.

»Vouz partirez demain, Philippe?« fragte sie.

»Oui.«

»Alors vous ferez un grand voyage?«

»Je ne sais pas.«

Die meisten Leute waren nun gegangen; und mit noch einigen anderen Paaren tanzten wir vor der großen Mistral-Statue zu den Klängen einer Ziehharmonika. Und die Musik war traurig; denn Arles, sonst nächtlicherweise schweigsam und in viele Erinnerungen zurückgezogen, schloß mit der Tanzweise einen beklemmenden Bund; und vereint umzingelten sie nun immer enger mit ihrem Heimweh und ihrer Wehmut uns, die kleine Gruppe von Tänzern unter den Laternen.

»Du darfst mich nicht küssen, wenn du mich heimbringst«, schärfte sie mir ein. »Wirst du es nicht tun?«

»Nein«, versprach ich. »Ich werde dich nicht küssen.«

»Und du darfst auch nicht nach dem Straßennamen schauen«, flüsterte sie, »oder nach der Hausnummer. Du sollst mich nicht vergessen, aber schreiben darfst du mir nicht. Wir sind nur Menschen, die in einer belebten Straße zufällig aneinander vorbeigegangen sind. Und du darfst nie wiederkommen, denn du bringst kein Glück.«

»Wieso nicht?« fragte ich.

»Mir scheint es so«, erwiderte sie. »Du bist als altes Kind

geboren« – und sie strich mit den Fingern über meinen Mund – »du wirst nichts erleben als Erinnerungen; du wirst niemanden kennenlernen, außer, um Abschied zu nehmen; und du wirst keinen Tag leben, ohne auf den Abend zu rechnen, oder auf die Nacht.«

Wir sprengten den Kreis der Menschen und der Musik und gingen durch Straßen, in denen ich noch nicht gewesen war. Und weil sie es so gewünscht hatte, blickte ich nicht nach dem Namen der Straße, wo sie stehenblieb.

Sie zog mich an sich und sagte: »Du mußt jetzt gehen. Ich drehe mich nicht um; ich will sehen, wie du durch die Straße davongehst.« Und sie legte mir die Hände aufs Gesicht, als hoffte sie, es so nicht mehr zu vergessen, weil es als Form in ihren Händen verbleiben würde; und dann schob sie mich sachte von sich – bis ich auf volle Armeslänge von ihr entfernt stand.

»Dreh dich um!« befahl sie. »Du mußt jetzt gehen.« Und plötzlich verschwamm ihr Gesicht in dem gelben Schein der Laterne vor dem Haus. »Dreh dich um!« wiederholte sie. »Dreh dich um!« Und während ich es tat, sah ich noch, daß ihr Haar im Winde leise auf und ab wehte. Aber langsam begann ich, meinem seltsamen schmalen Schatten nachzugehen, die Häuser entlang, die Straßen hinaus, zur Promenade des Lices; und von dort ging ich in die Avenue des Alyscamps, die sich allmählich zum altrömischen Gräberfeld senkt. Zypressen stehen dort, stolz und geheimnisvoll; und der Mond schien drohend und bläulich über die Grüfte. Ich lehnte mich an ein Grabmal und spürte, wie die Kälte des Steins in meinen Körper drang. Und plötzlich hörte ich eine aufwühlende alte Stimme hinter mir sprechen:

»Dans Arles, où sont les Alyscamps,
quand l'ombre est rouge, sous les roses,
et clair le temps,

prends garde à la douceur des choses;
lorsque tu sens battre sans cause
ton cœur trop lourd

et que se taisent les colombes,
parle tout bas, si c'est d'amour
au bord des tombes.«

Es war die Stimme eines Mannes; und er sprach in dem bezaubernden Tonfall der Provence, mit den schweren ›r‹ und den dunklen Akzenten südlicherer Länder. Ich wandte mich nicht um; aber er faßte mich am Arm und zog mich sachte weg.

»As-tu peur des pieux mystères,
passe plus loin du cimetière«,

flüsterte er. »Komm, du mußt mit mir gehen. Ich muß dir eine Geschichte erzählen.«

Er war alt; aber vielleicht schien das nur so, weil er sehr dick war. Seine kleinen, fremdem Blick ausweichenden Augen lagen tief unter dem struppigen grauen Haar seiner Brauen, die von einem Fettwulst unten an seiner Stirn herabgedrängt wurden. Das ganze Gesicht war formlos und wabbelig; und die Hand, die noch meinen Arm festhielt, war weich wie ein Schwamm; und mit weißer, unbehaarter Frauenhaut ragten seine Arme aus einer Art verschmutzter schwarzer Kutte.

»Ich weiß«, sagte er, »ich bin dick. Man behauptet, ich sei der dickste Mann in der Provence. Aber ich muß dir eine Geschichte erzählen... Heute abend habe ich dich auf der Place du Forum gesehen und gestern in der Saint-Trophime-Kirche. Ich habe dich im Auge behalten und bin dir gefolgt.«

Ich schritt neben ihm her; und weil ich nicht wußte, was ich sagen sollte, sagte ich nichts. Und wir gingen unter den Pappeln und Zypressen zurück; ja, und er keuchte, weil er nicht so gut gehen konnte, und ich bot ihm, solange wir bergauf gingen, den Arm.

Vor dem kleinen Gasthof, wo ich wohnte, blieb er stehen.

»Hol dein Gepäck«, sagte er. »Wir fahren fort.«

»Wohin?« fragte ich. Aber er blickte mich erstaunt an und erwiderte: »Zu der Geschichte natürlich.« Und deshalb ging ich mit ihm.

Er hatte eine altes Auto, und während dieser Nacht fuhren wir durch ein totes, unheimliches Land. Königlich wuchs der Mond aus dem erstarrten, rötlichen Boden auf. Nebel und Dunst streiften durch die Täler, umzingelten uns wie eine Gefahr, der wir immer wieder zwischen hartem, dornigem Strauchwerk entstiegen, das wie eine Herde längst gestorbener Tiere die Hänge emporklomm zu den bizarren, im nächtlichen Schimmer aufblühenden Felsen.

Manchmal tauchten wir in einen Hauch lauer Wärme, die, von der trostlosen Hitze des Tages irgendwo zusammengeballt, langsam in die Nacht verströmte, dann und wann den würzigen Duft von Thymian oder Lavendel mit sich tragend.

Wir sprachen nichts und fuhren durch die Provence, wo alle Städte und Dörfer, durch die wir kamen, jetzt den gleichen Eindruck machten wie das von den Menschen verlassene Bergstädtchen Les Baux: ausgestorbene Ortschaften, in denen durch einen gespenstigen Zufall die Straßenlaternen noch brannten und manchmal eine Turmuhr aus Versehen weiterschlug.

Ich war eingeschlafen und erwachte erst, als das Auto hielt. Wir blickten hinunter.

»Dort ist das Tal«, sagte er, »und unten liegt das Dorf.«

»Ja«, entgegnete ich.

Jetzt zeigte sich das erste Licht der Sonne. Die Häuser lagen fern und wesenlos unter uns, um die Kirche geschart wie zusammengetriebenes Vieh; aber zwischen den steinigen, unfruchtbaren Hängen, auf die bald die Sonne vernichtend, erbarmungslos niederbrennen sollte, war das Dorf an dem nun schon fast ausgetrockneten Flüßchen, mitten im Tal, ein erquickender Atemzug.

»Du mußt hier aussteigen«, sagte der Mann. »Und ich heiße Maventer. Ma ist eine Abkürzung für magnus, groß, und venter bedeutet Bauch. Es ist nicht mein wirklicher Name, aber alle nennen mich so.«

»Sind Sie ein Mönch?« fragte ich. Aber er antwortete: »Nein, ich bin kein Mönch.« Und dann stellte der Mann Maventer meinen Rucksack auf den Boden und wendete den Wagen.

»Und die Geschichte?« fragte ich.

»Du mußt ins Dorf gehen«, sagte er. »Es gibt dort nur einen Gasthof, Chez Sylvestre. Ich komme diese Woche hin. Aber du darfst nicht über mich reden.«

»Nein«, versprach ich. »Ich werde nicht über Sie reden.« Und ich nahm meinen Rucksack um und begann den Abhang hinunterzusteigen. Der Mann ließ den Motor anspringen und rief: »In drei Tagen, denke ich. Oder in zwei!« Aber ich ging weiter, und der rötliche Straßenstaub, der unter meinen Füßen aufwirbelte wie ein kleiner Schirokko, drang mir in Schuhe und Strümpfe.

Weiter unten blühte rot und violett der Feldthymian, das Grün des Buschwerks wurde satter; und schließlich lag das Dorf fast freundlich da, mit weißen und rosaroten Häusern, die dem Auge planlos hingebaut schienen, und mit Gärten, denen Pinien und Zypressen Schatten boten.

Es war nicht schwer, den Gasthof ›Chez Sylvestre‹ zu finden. Die Wirtin war eben damit beschäftigt, die Läden zu schließen, damit das Sonnenlicht nicht so stark eindringen könnte. Ich folgte ihr hinein, nachdem ich sie angesprochen hatte.

»Un Hollandais«, sagte sie zum Wirt; und die beiden Männer, die an der Theke standen, wandten sich um. Es muß ein kleines Dörfchen sein, dachte ich, wo fast keine Fremden hinkommen. Und plötzlich fiel mir ein, daß ich nicht wußte, wie die Ortschaft hieß.

Die Männer sprachen miteinander provenzalisch, so daß ich sie nicht verstehen konnte. Der Flur und auch die Treppe waren mit sechseckigen roten Fliesen belegt; und an den blanken, weißgetünchten Wänden hingen die gleichen Plakate wie überall: Cognac Henessy, Noilly Prat und Saint Raphaël, Quinquina.

Der Wirt, Sylvestre, führte mich in mein Zimmer, das nach vorn ging, so daß ich den Ausblick auf den Platz hatte, mit dem alten Brunnen und den Steinbänken im Schatten vieler Bäume; aber Sylvestre schloß sofort die Fensterläden.

»Le soleil est terrible, par ici«, sagte er. Und ich antwortete: »Comme toujours.«

»En été, oui«, nickte er. »Ich bringe Ihnen noch Ihr Wasser.« Und bald kam er mit einem großen Glas Pastis zurück, dem ausschließlichen Getränk hier, und einem Eimer Wasser, den er unter den hölzernen Waschtisch stellte, nachdem er ein wenig in den Wasserkrug gegossen hatte.

»Ist alles in Ordnung?« fragte er.

»Très bien«, antwortete ich, »merci.« Und er lachte und verließ das Zimmer. Ich legte mich in das riesige Bett und lachte auch, weil es knarrte, wenn ich mich umdrehte, und weil die Laken aus grober Baumwolle waren und so rochen wie Kinder, die im Fluß geschwommen haben.

Als ich erwachte, war es später Nachmittag; jemand hatte Brot und etwas Wein neben mich hingestellt und mit einer Serviette zugedeckt. Und als ich hinausblickte, verstand ich erst richtig, warum die Häuser hier manchmal wie Festungen gebaut sind. Die Hitze wird hier gegen Abend unerträglich und maßlos in ihrer Erbarmungslosigkeit, so daß die Menschen und Tiere das Halbdunkel und Dunkel der Häuser aufsuchen und dort warten, bis der Abend anbricht.

Das Dorf war denn auch tot, als ich ins Freie trat. Langsam schritt ich über den Platz, um etwas laues Wasser vom Brunnen zu trinken. Und da ich die Lebenden nicht zu Gesicht bekam, suchte ich die Toten auf, deren Grabsteine sich regellos um ein großes, rohes Holzkreuz scharten, wie die Häuser der Lebenden um die Kirche. Die Toten waren friedlich eingeschlossen von einer Weißdorn- und Hagebuchenhecke.

Später, als ich die Lebenden kennenlernte, stellte ich fest, daß sie sich von den Toten nicht so sehr unterschieden: auch sie bildeten eine Gemeinschaft in düsterer Schweigsamkeit; die Kargheit des roten Bodens, schwer zu bearbeiten und voll lästiger Steine, hatte sich in ihre Körper gezogen, zusammen mit jener raunenden Schwermut, die hier des Abends umgeht und an alles rührt, sobald die Hitze widerstrebend aus dem Dorfe fortgewandert ist und das Klicken der schweren Eisenkugeln des Boule-Spieles beinahe der einzige Laut ist neben den Geräuschen der Gläser bei Sylvestre, der Tiere, des Abendwindes in den Zypressen – oder des zaghaften Singens von Kindern.

»Alix, ma bonne amie,
il est temps de quitter
le monde et ses intrigues
avec ses vanités«,

sangen sie, ich weiß es noch genau; denn abends saß ich an meinem Fenster bei Sylvestre und schaute auf die Männer und Kinder hinab. Sie sahen mich nicht und kannten mich nicht; aber ich erfuhr ihre Namen, und nach zwei Tagen wußte ich, wer der Beste beim Boule-Spiel war und wer am meisten trank.

Die Kinder spielten am Brunnen; aber sie spielten seltsam und fast geräuschlos – wie Kinder, denen man gesagt hat, sie müßten still sein, weil jemand krank ist.

So spielten die Männer und die Kinder, während in der zunehmenden Dunkelheit Frauen mit Eimern und Krügen Wasser holen kamen.

Das alles konnte ich von meinem Fenster aus gut beobachten, zwischen den schwer niederhängenden Blütentrauben der Glyzinie, die vor der Hauswand atmete, wie ein großes lebendes Tier, von den Händen eines leichten Windes geheimnisvoll bewegt. Mir gegenüber stand immer die Kirche; und ich wußte, daß sie innen verfallen war und daß auf dem Altar eine verstaubte rote Samtdecke lag, auf der in goldgestickten Buchstaben stand: Magister adest et vocat te – Der Meister ist da und ruft dich.

Kirche und Friedhof waren erfüllt vom Leben des Dorfes, wo die Namen stets die gleichen blieben, die der Lebenden im Café und am Brunnen, die der Toten auf den großen, vergilbten Bildnissen der Grabsteine. Ja, bei diesen Menschen mußte ein alter düsterer Aberglaube im Schwange sein und auch über ihren Gräbern walten – so schien es mir, als ich diese Bildnisse auf Email oder Pappe entdeckte, mit Strähnen glanzlosen Haares, mit Kunstblumen in verschossenen Farben oder mit getrocknetem Rosmarin, von rostigem, fast zerfallenem Eisendraht umwunden, hinter blindgewordenem Glas voll Staub und Spinnweb, in runden Rahmen aus dünnem, gehämmertem Eisen mit vielen welligen Vertiefungen. Denn schon bald erkannte ich hinter der Erstarrung dieser Bilder die Gesichter der Lebenden wieder, die ich von meinem Fenster aus sprechen und trinken gesehen hatte; und an den Nachmittagen, wenn die Sonne ihre Herrschaft über die gestorbenen Häuser festigte, pflog ich Umgang mit dem toten Peyeroux, dem toten Rapets, dem toten Ventours. Blumen, die ich frühmorgens gepflückt und in meinem Zimmer eingewässert hatte, legte ich auf die Gräber der Kinder; aber ich wußte nicht warum. Vielleicht, weil ich es gern tat.

An dem Nachmittag, ehe der Mann Maventer kam, wartete der Pfarrer auf mich; er saß auf der Familiengruft der Peyeroux.

»Die Peyeroux werden mir das wohl verzeihen«, sagte er. »Es waren gute Freunde. Und schließlich liege ich auch bald hier, drüben in der Ecke – übrigens ein recht hübsches

Plätzchen meiner Ansicht nach, was meinen Sie? Die Sonne kommt dort schwerer hin. Und wenn, wer weiß, ein Fremder kommt und Blumen bringt, bleiben sie vielleicht ein bißchen länger frisch.«

Drinnen im Pfarrhof schenkte er zwei hohe Gläser mit Wein voll, wie Sylvestre, bis zum Rand.

»Sie werden unseren Dichter Mistral wohl nicht gelesen haben«, sagte er. »Aber diesen Wein hat er in seiner ›Mireille‹ besungen:

Alor, en terro de Prouvenço
I' a mai que mai divertissenço
Lou bon Muscat de Baumo e lou Frigolet
Alor...

Muscat de Baume!« Und er lachte und stieß mit mir an. »Ich habe gesehen, wie Sie mit den Toten Bekanntschaft gemacht haben«, sagte er. »Und das ist die beste Art. Manchmal sind die Toten umgänglicher als die Lebenden. Und wenn wir schon davon reden, die Lebenden sind hier nicht besonders umgänglich.«

»Das weiß ich«, erklärte ich, »aber ich mag sie gern leiden.«

»Vielleicht«, meinte er zögernd, »vielleicht. Aber das Leben ist hier beschwerlich und hart und manchmal widerborstig wie der Boden, dem man lange schöntun muß, ehe er ein bißchen Tomaten und Melonen und ein wenig kümmerliches Korn geben will. Das Leben kann bitter sein wie das Gras, von dem die Schafe und Ziegen sich hier unten nähren müssen, bevor sie über Sommer in die Berge gehen. Das Leben ist hier ein Leben der Notdurft. Es gibt Gott und ein paar Mitmenschen und den Boden – und alle sind sie gleich hart.«

»Ich weiß das«, fuhr er fort, »und ich kann es wohl wissen. Dort drüben« – und er öffnete die Läden des Fensters, das auf die Straße ging, und zeigte auf die Hänge, die hinter den

Häusern jetzt so grell leuchteten, daß ich die Hand vor die Augen halten mußte – »dort sind meine Tomaten und meine Melonen und manchmal, wenn sie nicht mißraten, meine Blumen für die Kirche, Nelken. Und das ist noch nicht alles, es ist nicht nur das. Dazu kommt der Winter, der hier strenger ist als im Norden; und der kann ebenso hart zupacken wie die Sonne. Und, mon vieux, dazu kommt noch der Mistral. Kennen Sie den Mistral?«

Ich hatte nie von ihm gehört, oder vielleicht doch? Jedenfalls erinnerte ich mich nicht. Und er erzählte mir von diesem Wind, der die Täler und die Menschen mit seiner Kälte heimsucht, während die Sonne unerbittlich weiterscheint, von dem Wind, der die Menschen zu finden weiß, wo immer sie sich auch versteckt haben; hinter jede Schutzwand und durch geschlossene Türen kommt er.

»Und dann geschehen hier manchmal merkwürdige Dinge«, sagte er. »Denn er zermürbt vor allem den Geist der Menschen, bis zum Auseinanderbrechen. Ein kleiner Streit schlägt ein wie ein Blitz und lodert auf und rast wie Flammen im Heu – wir kennen das alle, die Lebenden hier und die Toten dort.« Und er machte eine Kopfbewegung nach dem Friedhof hinter der Weißdornhecke.

»Es war an einem Tag, als der Mistral schon eine Woche lang durch das Dorf strich, erbarmungslos wie ein Mann, der seine Rache sucht, daß Claudius Peyeroux seine Frau totschlug und sich selbst erhängte. Und der Mistral ging, als der Mann Maventer zum erstenmal den Fuß hierher setzte. Später ist er auf das Schloß gekommen; aber es war wieder ein Mistral-Tag, als die Marquise Marcelle davonging.«

»Wer ist Maventer?« fragte ich.

»Er heißt eigentlich gar nicht Maventer. Irgendein verspäteter Troubadour hat den Namen aufgebracht. Ma ist eine Abkürzung für magnus, und venter bedeutet auf lateinisch Bauch. Der Mann ist sehr dick. Wie er wirklich heißt, weiß ich nicht. Früher war er Chormönch bei den Benediktinern. Sind Sie Katholik?«

»Nein«, erwiderte ich, »aber ich habe schon manches gehört von den Benediktinern.«

»Gut«, fuhr er fort. »Also, dieser Maventer war einer der letzten Chormönche, die keine Priester waren. Es gibt Ordensbrüder, die auf den Feldern arbeiten, das Haus und die Kleidung instandhalten; und es gibt Priestermönche, die das Chorgebet singen und im Kloster sonst noch ein Amt haben, wie Ökonom, Novizenmeister oder dergleichen. Nun konnte man früher unter Umständen auch im Chor stehen, ohne Priester zu sein; man war dann Chormönch. Aber jetzt kommt das wohl kaum mehr vor. Wie immer dem sei, Maventer hat den Orden verlassen. Aber das ist für mich kein Grund, ihn zu verurteilen, denn er ist zu jung eingetreten und, wie es heißt, unter einem gewissen Druck von seiten seiner Familie. Es fällt schwer, über jemanden zu erzählen, von dem man viel und doch sehr wenig weiß. Schließlich« – und er blickte mich an, während er das Birett auf dem schütteren weißen Haar verschob – »schließlich wissen wir ja sowenig voneinander.

Früher war er ein Herumschwärmer; auf allen Festen erschien er als angesehener Gast, und bis weit in die Umgebung hatte er einen Ruf. Er und seine Harmonika. Er war bei der Kirschenernte in Cavaillon und Carpentras, und bei der Traubenlese in den Tälern der Durance; und immer in der gleichen verschlissenen Kutte, die er, Gott weiß warum, noch immer trägt. Aber das alles war bis vor drei Jahren. Dann ist er in unsere Gegend nach Experi gezogen, gar nicht weit von hier; und man sieht ihn nicht mehr bei Hochzeiten oder in den Häusern der Honoratioren und der Geistlichkeit, wohin er gern eingeladen wurde, weil er sehr gebildet ist. Er weiß mehr von Thomas, als ich je gewußt habe; und bei allen Wettbewerben in Arles und selbst in Avignon hat er mit seiner Kenntnis der klassischen Dichter und der alten provenzalischen Troubadoure alle geschlagen. Man sagt, er kann sämtliche Oden und Epoden des Horaz auswendig; und das mag sogar stimmen.

Aber oft habe ich ihn gesehen, spät abends, ihn und die kleine Marquise – ja, die haben gut zueinander gepaßt; sie war ein eigenartiges Kind. Manchmal sind sie nachts hier durch die Straße gekommen. Sie war ganz zart und klein und hat eine enganliegende Hose getragen, wie es bei den Frauen in Paris die Mode sein soll, und niedrige Schuhe. Sie ist dann rasch und eigentlich lautlos hier über den Platz geschritten. Ich stand hinter meinem Fenster im Dunkel; seit ich alt geworden bin, habe ich ja nur mehr einen ganz leichten Schlaf.

Die beiden sind aus der Richtung von Experi – so heißt das Schloß – gekommen; er etwa zehn Meter hinter ihr, wuchtig und ein bißchen unheimlich, düster durch seinen riesigen Schatten; und weil er rasch ging, hat er gekeucht. Aber sie kümmerte sich nie um ihn und ist mit gesenktem Kopf dahingelaufen und hat zu sich selbst gesprochen. Manchmal kam sie auch allein des Weges; da schritt sie langsamer einher und trank am Brunnen; und am Morgen pflegten dann Blumen auf dem Friedhof zu liegen. Einmal habe ich mit ihr gesprochen. In dieser Nacht war sie allein und hat am Brunnen getrunken.

›Mademoiselle‹, habe ich gesagt, ›wollen Sie von meinem Wein kosten?‹ Und ich habe den Wein geholt, den ich immer nachts bereitstehen hatte, und wir haben uns auf die Stufen vor dem Pfarrhof gesetzt. Aber sie sprach nichts. Und als ich sie fragte, ob sie nicht Angst hätte, so allein bei Nacht, erwiderte sie: ›Natürlich nicht.‹

Und dann hat sie mich mit diesem orientalischen Gesicht angeblickt, das ich nie so zur Gänze ergründen konnte wie die Gesichter der hiesigen Menschen, die ebenso geformt und gewachsen sind wie bei mir, während ihr Gesicht in sich gekehrt war, man könnte sagen, rätselhaft. Und sie flüsterte: ›Ich arbeite an einer Geschichte.‹

›Ja‹, habe ich geantwortet, ›Sie arbeiten an einer Geschichte.‹ Und nach einer Weile fügte ich hinzu: ›Ich will mich da nicht einmengen, es ist ja Ihre Geschichte – aber machen Sie eine erfreuliche Geschichte daraus.‹ Sie nickte bloß.«

Der Pfarrer schwieg.

»Hat sie ein orientalisches Gesicht gehabt?« fragte ich.

»Ihre Mutter stammte aus Laos, aber die ist schon gestorben. Der Vater hat als Offizier in der Fremdenlegion gedient, und er war fast nie hier. Er ist in Indochina gefallen. Dann gibt es noch eine Tante, die wir hier nie zu Gesicht bekommen, und das Personal; dazu natürlich Maventer. Die Leute reden zwar viel, doch weiß eigentlich niemand etwas Rechtes. Solange ich hier bin, reden sie schon darüber; und noch nie ist jemand von uns dort drinnen gewesen.«

An diesem Abend erwartete ich in meinem Zimmer den Mann Maventer; denn die Möbel verbargen sich nicht hinter der nahenden Nacht wie an anderen Abenden, sondern blieben groß und voll innerer Unruhe rings um mich stehen, um zu sagen, dies sei das letztemal, daß sie einen Teil meiner selbst bilden sollten. Und auch die Gerüche, die in dem Zimmer hausten – der Duft des gealterten Holzes und der im Bach mit grober, ländlicher Seife gewaschenen Bettücher –, waren stärker und selbstherrlicher als zuvor, des Sieges über den fremden, schon fast verschwundenen Geruch meines Körpers und meiner Kleider sicher.

Und so wie jemand, der immer beim Ticken einer Wanduhr schläft, wach wird, wenn sie stehenbleibt, so ging ich, als das Klicken der Eisenkugeln des Boule-Spieles plötzlich aufhörte, langsam zum Fenster, um den Mann Maventer kommen zu sehen.

»Holländer!« rief er von draußen. »Holländer, du mußt kommen, ich habe dir eine Geschichte zu erzählen.«

Wir gingen lange eine Straße am Fuß des Berghanges und dann einen Pfad, steiler hinauf. Hier und dort begann plötzlich die Nacht sich zu zeigen, in den Sträuchern oder zwischen den großen Steinen; und sie ging mit uns, bis wir so hoch waren, daß wir die Purpurkette der Provenzalischen Alpen, der Gebirgsstöcke des Lubéron und Ventoux als

Geschmeide weit um uns geschlungen trugen; und ehe die Nacht alles erfaßt und weggeborgen hatte, zeigte Maventer mir die Edelsteine der Kette: Vaucluse-Bergland, Montagne de Lure, Montagne de Chabre.

Das Schloß, oder was es war, stand gewaltig und lebend am Berge. Maventer führte mich auf ein Feld mit dem gleichen Kiesboden wie überall. Schwarze Steine lagen da; man hätte gemeint, sie seien nicht hier zu Hause, sondern viel eher auf dem Mond oder irgendwo anders, wo es kein Leben gibt, und jemand – wer? – hätte sie von dort mitgebracht und hier nach vorbedachtem Plan ausgelegt – mit einem großen, schwarzen Felsblock, gleich einer aus der Feuerstelle eines Riesen gefallenen totgebrannten Kohle, im Mittelpunkt. Auf diesen Felsblock setzten wir uns.

»Das ist der Tierfriedhof«, erklärte der Mann Maventer. »Hier hat es angefangen. Ich saß hier, und sie kam auf mich zu. ›Du bist Maventer‹, hat sie gesagt.

›Ja‹, bestätigte ich.

›Kannst du Englisch lesen?‹

›Ja.‹

›Und schreiben?‹ fragte sie. Und als ich auch das bejahte, hat sie sich vor mich hingesetzt, auf den Boden – dorthin, wo du jetzt stehst, Holländer.

›Du machst dich schmutzig‹, warnte ich. ›Es wäre besser, du setztest dich auf einen Stein.‹ Aber sie achtete nicht darauf, hörte es vielleicht nicht einmal, und zog mit der Ferse eines ausgestreckten Beines einen Kreis um sich her.

›Ich bin in dem Kreis‹, sagte sie. ›Und du bist nicht darin. Du mußt die Füße in den Kreis setzen, weil ich dich etwas fragen will!‹ Ich schob mich so zurecht, daß meine Füße auch in dem Kreis waren; und sie streute feinen Sand über sie.

›Nicht!‹ rief ich. ›Du machst alles schmutzig.‹

›Du mußt einen Brief schreiben, auf englisch.‹

›Wem?‹ fragte ich.

›An die hier.‹ Und sie zog ihr Jäckchen, das sie neben sich auf den Boden gelegt hatte, zu sich heran, und nahm eine

Saturday Evening Post heraus. ›An die hier!‹ Und sie zeigte auf das Foto einer englischen Ballettänzerin, deren Name mir entfallen ist. ›Du mußt ihr schreiben und sie fragen, ob sie hierher übersiedeln will.‹

›Nein‹, sagte ich.

Sie verzog den Mund und blies sich zornig das Haar aus der Stirn. ›Warum nicht?‹ fragte sie.

›Weil sie ja doch nicht kommt.‹«

Der Mann Maventer sah mich an und sagte:

»Hätte ich sie so gekannt wie jetzt, so wäre mir nie ein solcher Schnitzer passiert. Aber wie dem auch sei, damals kannte ich sie noch nicht; und darum habe ich geantwortet: ›Weil sie ja doch nicht kommt.‹ Und sie hat bloß gelacht; und nicht einmal zu mir, nein, zu sich selbst hat sie gelacht und zu ein paar unsichtbaren Menschen und Dingen, die stets bei ihr waren, und hat gesagt, ich sei dumm. ›Natürlich‹, meinte sie, ›kommt sie nicht. Aber wie soll ich jetzt spielen, daß sie doch kommt, wenn du ihr nicht vorher einen englischen Brief schreibst und sie einlädst?‹«

»Verstehst du das, Holländer?« fragte er mich. Und ich verstand es sehr wohl; und deshalb erwiderte ich: »Ich glaube schon.«

»So war es immer; sie hat gespielt. Sie war so ungewöhnlich«, tönte die Stimme neben mir weiter und weiter. Aber ich sah das kleine Mädchen; und mit einem Male wußte ich bestimmt, daß dies nun nicht mehr die wirkliche Welt war. Denn die Dinge wurden lebendig und von sich selbst besessen, in einer zweiten, einer anderen Wirklichkeit, die plötzlich kenntlich, sichtbar wurde, die mich erfaßte und loslöste, bis ich auf der Stimme des Mannes Maventer dahintrieb, der zwischen den Steinen des Tierfriedhofs umherlief. Und das Mädchen saß da und zeichnete in den Staub und hörte – vielleicht, ich weiß es nicht – in der Geschichte, die Maventer weitererzählte, sich selbst mit seiner Stimme sagen:

»›Maventer, wann gehst du wieder in die Stadt?‹

›Warum?‹«

Er fragte: »Hörst du zu, Holländer?« Und ich bestätigte: »Ja, ich höre zu.«

»Wir sind jedes Vierteljahr einmal in die Bank gegangen, und sie hat sich immer nur für die Addiermaschinen interessiert.

›Ich möchte mich zusammenzählen‹, sagte sie. Und das nächste Mal, als wir in der Stadt zur Bank gingen, fragte sie am Schalter, ob sie auf einer dieser Maschinen rechnen dürfe; und da sie durfte, zog sie ein kleines Stück Papier aus dem Handschuh und las die Zahlen ab, die sie auf der Maschine eintastete. Sie drückte auf den Summenknopf und zog den Hebel.

›Ich habe mich zusammengezählt‹, erklärte sie, als wir draußen waren. Und sie ließ mich den Papierstreifen sehen. An alle Zahlen erinnere ich mich nicht mehr; ich weiß bloß noch, daß hundertzweiundfünfzig dabei war.

›Was bedeutet diese Ziffer?‹ fragte ich.

›So groß bin ich doch.›

›Ja‹, erwiderte ich. ›So groß bist du. Und was willst du jetzt tun?‹

›Das sage ich nicht. Aber du mußt mir die Hand reichen, ich gehe fort.‹

›Wohin?‹ Doch sie zuckte nur die Achseln – sie wußte es selbst nicht.

Ein paar Tage lang sah ich sie nicht. Das war nichts Besonderes; es kam öfter vor, daß sie in ihrem eigenen Schloßteil blieb und sich nirgends zeigte. Diesmal allerdings dauerte es lange, ehe ich sie wiedersah. Sie suchte mich in der Bibliothek auf.

›Maventer‹, sagte sie, ›ich bin zurück.‹ Sie trat zu mir. ›Ich bin fort gewesen.‹

Ich war damals schon lange genug hier, um zu wissen, daß ich nicht sagen durfte, sie sei überhaupt nicht fort gewesen, sondern in ihren Gemächern geblieben. Und sie fuhr fort: ›Erinnerst du dich noch an den Papierstreifen?‹

›Ja‹, antwortete ich. ›Ja, wo du dich selbst darauf zusammengezählt hast.‹

Sie nickte. ›An diesem Abend‹, flüsterte sie und rückte ganz nahe an mich heran, als wären wir Verschwörer, ›an diesem Abend habe ich das Papier im Freien hingelegt, damit es davonweht. Dann bin ich auf mein Zimmer gegangen, um zu sehen, ob das geschieht, was ich wollte. Und es geschah: ich wehte davon. Es war ein leiser Wind, in dieser Nacht. Oben auf meinem Fensterbrett saß der Duft der Geißblattblüten; und er war noch bei mir, als ich in dem Lande ankam.‹

›In welchem Lande?‹

›Oh, es war ein fremdes Land, in das der Wind das Papier geführt hat, auf dem ich mich zusammengezählt hatte. Als ich das Land betrat, standen die Leute da, um mir die Hand zu schütteln. Überall war Geißblatt; und alles, alles duftete danach. Aber eigentlich waren die Leute traurig. Und ich fragte den Mann, der mich alles sehen ließ: ›Warum sind die Leute hier so traurig?‹

›Ja‹, sagte er, ›sie sind sehr traurig. Ich werde dir das klarmachen.‹ Und in der Nacht, als die Menschen schliefen, gingen wir durch die Straßen der Stadt.

›Hier ist eine Buchhandlung‹, sagte der Mann. Aber das Schaufenster war leer – das heißt, es lag bloß ein dünnes Büchlein darin. Und es gab kein Geißblatt oder andere Blumen, und auch keine Fahne wie an den übrigen Geschäften und Häusern.

›Da gibt es ja nur ein Büchlein‹, bemerkte ich. Und er meinte: ›Ja. Und jetzt schau hinein!‹ Und wir blickten miteinander hinein, die Stirnen an die Scheibe gepreßt. Und bei dem Licht der Laterne, die vor dem Laden stand, sah ich, daß die Regale, auf denen Bücher hätten stehen sollen, leer waren; nur dieses eine dünne Büchlein sah ich wieder liegen, hinten auf einem Regal.

›Und jetzt gehen wir zur Staatsbibliothek!‹ sagte er. Und wir wanderten wieder durch die Stadt, bis wir zur Staatsbibliothek kamen. Der Mann öffnete die Türen, und wir gingen hinein. Und es war, als hallten unsere Schritte nicht nur auf dem Marmorfußboden wider, sondern auch von den

Wänden und von der Decke und von überallher, immer stärker.

›Ich glaube, ich habe Angst‹, sagte ich. Aber er meinte, das hätte keinen Sinn, er sei doch dabei. Und dann schritten wir durch die Säle; doch es waren nirgends Bücher, überall nur leere Regale, leere große Schränke. Bloß das kleine Büchlein lag hier und dort.

Oh, ich habe wirklich Angst gehabt, die Wände waren ja so hoch und weiß über den Schränken; und wir haben nur uns gehört und unsere Schritte, weil keine Bücher da gewesen sind.

›Warum gibt es denn keine Bücher hier?‹ fragte ich. ›In einer Bibliothek sind doch immer Bücher.‹

›Eigentlich schon‹, gab er zu. ›Aber er ist tot.‹

Wer ist tot? dachte ich.

›Ein Junge war es‹, fuhr er fort, ›ein kleiner Junge, schon mit ein bißchen grauem Haar, und er war immer krank. Er ist der einzige gewesen, der schreiben konnte. In diesem Lande hier ist es nämlich nicht so wie in anderen Ländern. Manche verstehen hier Kinder aufzuziehen, andere Häuser zu bauen, wieder andere machen Fahnen – für Gelegenheiten, wenn jemand zu Besuch kommt, so wie du. Aber niemand kann hier Gedichte schreiben oder Geschichten oder ein Buch. Doch der Junge war immer sehr krank; und als er starb, hatte er bloß das erste Kapitel fertig. Das ist es.‹ Und er zeigte auf das kleine dünne Büchlein.‹

Sie schwieg eine Weile. Hierauf sagte sie: ›Ich habe dann das Land verlassen, weil es dort so traurig war.‹«

Maventer blickte mich wieder an.

»Bist du je in einem solchen Lande gewesen?« fragte er mich.

»Nein«, erwiderte ich. »Aber vielleicht gehe ich noch einmal hin.«

Es war jetzt still, und ich wünschte, Maventer sollte nichts mehr sagen, und ich könnte schauen, was sie da zeichnete, auf dem Boden.

»Was zeichnest du?« fragte ich sie.

»Platanen«, antwortete sie. »Sie stehen hinter dir.« Ich blickte mich um.

»Wohin schaust du, Holländer?« fragte mich Maventer.

»Auf diese Bäume«, sagte ich. »Was sind das für Bäume?«

»Das sind Platanen«, erklärte er.

»Was für Buchstaben zeichnest du jetzt?« fragte ich sie.

»Ein K«, flüsterte sie, so daß ich verstand, daß es ein Geheimnis bleiben mußte. »Ein K und ein R, ein U, ein S, ein A und dann noch ein A.«

»Das ist doch kein Wort«, fand ich. »KRUSAA.«

»Ja«, meinte sie, »es ist ein närrisches Wort.«

»Was hast du gesagt?« fragte Maventer mich.

»Nichts«, log ich. Und er blickte mich so merkwürdig an und murmelte: »Ich dachte, du hättest etwas gesagt.«

»Nein«, beharrte ich. »Ich habe nichts gesprochen.«

Er erzählte weiter:

»Nicht sehr lange darauf verschwand sie wieder. Wir waren im Auto nach Avignon gefahren, und weil ich verschiedene Besuche machen mußte, sollte sie unterdessen in den Lesesaal gehen. Aber als ich sie abends abholen kam und fragte, was sie gelesen habe, gab sie keine Auskunft. Es war so eigenartig, ihr Haar war naß, und sie setzte sich hinten ins Auto und sprach während der ganzen Fahrt nichts, kein Wort. Auf Experi begab sie sich sofort in ihre eigenen Räume. Erst nach zwei Tagen kam sie wieder herunter.

Ich saß gerade beim Tor, und ich schrak zusammen, als sie mich von hinten her berührte, an der Schulter.

›Maventer‹, sagte sie, ›ich bin zurück. Diesmal bin ich sehr weit weg gewesen.‹

Das ist nicht wahr, dachte ich. Und ich sagte: ›Aber jetzt hast du doch keinen Papierstreifen gehabt? Wo warst du denn?‹

›Ach, diesmal war es anders. Ich habe nicht gewußt, wie ich mich fortmachen könnte. Aber an der Innentür des Lesesaales hängt eine Tafel, und darauf steht, daß jeder, der zum

Lesen oder Studieren erscheint, sich beim Kommen und Gehen in die Anwesenheitsliste eintragen muß. Darum habe ich meinen Namen aufgeschrieben, als ich hineinkam, nicht aber beim Weggehen. Also war ich eigentlich noch drinnen, obwohl der Saal nach dem letzten Besucher geschlossen wurde.

Es hat geregnet, als ich in jenes Land kam – denn jetzt, da ich eigentlich nicht mehr hier war, konnte ich ruhig auf Reisen gehen. Es hat geregnet, und es war Abend. Ich stand beim Bahnhof und stieg in eine Straßenbahn. Mir gegenüber saß ein Mann. ›Wohin schauen Sie?‹ fragte er. ›Auf Ihre Hände‹, erwiderte ich. Wie kämpfende Raubtiere bewegten sich diese Hände gegeneinander, und übereinander, andauernd. ›Achten Sie nicht darauf‹, sagte der Mann. ›Das bedeutet nichts; das ist immer so, bevor ich zu spielen anfange. Wollen Sie eine Freikarte?‹

In einer belebten, breiten Straße stiegen wir aus. Der Mann ging voraus, zwischen den Leuten hindurch; aber er drehte sich nochmals um und rief: ›Es ist spät, ich muß mich beeilen.‹ Und er lief vor mir her, während seine Hände ständig erschrocken gestikulierten, wie um ein Unheil abzuwehren. Eigentlich wäre ich lieber auf der Straße geblieben, weil die Lichter auf dem Asphalt schwammen wie auf der Oberfläche eines tiefen und dunklen Gewässers.

Weil jedoch der Mann mit den Händen mir die Karte gegeben hatte, ging ich hinein. Ich war die letzte in den Korridoren, und durfte gerade noch in den Saal, ehe die Türen sich schlossen.

Aber der Saal war ganz merkwürdig! Vielleicht waren es an die hundert Flügel, die in einem dunstigen orangeroten Licht dastanden wie Leute, die sich zu einem Leichenzug aufgestellt haben. Die Menschen, die hinter den Klavieren saßen, sprachen miteinander, so wie immer in Konzertsälen, so daß der Raum von einem gedämpften Murmeln erfüllt war.

Eine Platzanweiserin führte mich zu meinem Flügel, ziemlich vorne im Saal. Programm kaufte ich keines, weil ich sah, daß die Zettel leer waren. Hinten im Saal begannen jetzt die Leute Sssst zu rufen, so daß ich auf das Podium blickte, ob der Mann schon käme.

Da bemerkte ich, daß auf dem Podium kein Flügel stand, sondern bloß ein Stuhl.

Als der Mann erschien, erhoben wir uns und klatschten. Die Hände des Mannes bewegten sich nun nicht mehr; er verbeugte sich vor den Leuten, setzte sich und wartete, bis wir zu klatschen aufhörten und es still wurde.

Wir begannen zu spielen. Ich wußte bestimmt, daß ich die Melodie kannte, die rührend und sachte durch den Saal schritt, als spielte nur ein einziger Flügel. Aber mir fiel kein Name mehr ein, weder der des Musikstückes noch der des Komponisten; trotz aller Bemühungen konnte ich nicht einmal ergründen, welche Art Musik wir spielten, oder auch nur, aus welcher Zeit sie stammte. Als sie zu Ende war, stand der Mann auf, um für den Beifall zu danken, der jetzt aus dem Saal wie ein Gewitter gegen ihn anstürmte; und dann setzte er sich wieder auf seinen Stuhl, die Hände jetzt ruhig gefaltet, als hätten sie nie gestikuliert. Und wir spielten weiter; und von keinem einzigen Musikstück wußte ich den Namen; aber das tat nichts zur Sache. Und es tut auch jetzt nichts zur Sache, ich weiß bloß, daß es eine alte, hinreißende Musik war, oh! Und der Mann saß fern und still in seinem Sessel auf dem Podium und erhob sich, wenn wir gespielt hatten, und dankte, weil wir ihm zuklatschten. Und am Ende des Abends brachten wir ihm eine Ovation dar, so daß wir sogar eine Zugabe spielten.

›Oh, Maventer‹, sagte sie, ›es ist nicht angenehm, aus jenem Land zurückzukommen. Irgendeinmal gehe ich fort und komme nicht mehr wieder.‹

›Ja‹, bestätigte ich, ›dann kommst du nicht mehr wieder. Einmal gehst du fort und kommst dann nicht mehr wieder.‹

›Willst du mich jetzt in das Land bringen? Es ist noch licht‹, fragte sie

Das Land, das war etwa sieben Kilometer von hier; sie hatte den Platz einmal gefunden, und er gehörte nun ihr, so wie ihre Gemächer im Schloß, aber auch wie bestimmte Plätze im Speisesaal oder im Korridor, im Garten oder sonstwo, wohin sie kam oder wo sie gewesen war, und die wir umgehen mußten. Anfangs war es schwierig, sich alle diese Stellen zu merken. ›Ach, Maventer‹, sagte sie dann, ›hier darfst du nicht durch.‹ Sie erklärte nicht, warum – vielleicht standen dort Dinge, die sie sah. Das tut auch nicht viel zur Sache, denke ich.

An diesem Abend also fuhren wir in das Land. Als wir ausstiegen, sagte sie: ›Morgen gehe ich fort. Ich komme dann nicht mehr wieder. Ich bin dabei, ein großes Spiel zu spielen.‹

Wir setzten uns. An diesem Abend hat sie mir viel erzählt; und, ehrlich gesagt, ich weiß nicht mehr alles. Aber ich erinnere mich an sie, wie sie dasaß; denn es war, als hätte sie das Eigenleben, man könnte sagen, das bewußte Leben der Bäume und der anderen Dinge, an das sie so sehr glaubte, jetzt in sich aufgenommen. Sie wurde der Schatten und das Zittern der Silbertannen, die dort wachsen, und das altgewordene, gebrochene Karmesinrot des ausgetrockneten Bachbettes. Ich kann es nicht anders ausdrücken als: sie quoll und schwoll, um den Abend in sich aufnehmen zu können und den Duft des Lorbeerbaums und schließlich das ganze Tal, das plötzlich an diesem Abend neu entstand, unter den Händen eines irren Wesens, das in den Besitz des Mondes gelangt war und mit ihm die Steine und die Bäume färbte und schlug, bis eine unerträgliche Besessenheit sich der Landschaft bemächtigte und die Dinge Odem empfingen und lebten, im Mondlicht, unerträglich.

›Du hast Angst‹, sagte sie. ›Ja‹, antwortete ich. Aber sie achtete nicht darauf. ›Du hast Angst, weil deine Welt, deine festgegründete Welt, in der du die Dinge wiedererkennen konntest, verschwunden ist, weil du jetzt siehst, daß die Dinge sich in jedem Augenblick neu erschaffen und daß sie leben. Ihr Menschen glaubt immer, eure Welt wäre die wirkliche. Doch das ist nicht wahr. Die meine ist es; sie ist das Leben hinter der euren, der sichtbaren Wirklichkeit, ein

Leben, das greifbar ist und vibriert. Was aber du siehst, was ihr seht, ist tot. Tot.‹«

Der Mann Maventer seufzte. »Sie streckte sich auf den Rücken; und ich sah, daß sie klein war und schmal und mager wie ein Junge.« Er schwieg.

»Und dann?« fragte ich.

»Oh«, sagte er und ließ die Hände langsam von den Knien herabgleiten, in einer Gebärde des Grams oder der Ohnmacht. »Ich habe den Zauber gebrochen. Ich bin davongelaufen und habe in einiger Entfernung beim Auto gewartet. Und am nächsten Tag ist sie fortgegangen. Aber jetzt kommt sie nicht mehr wieder.

Was mich betrifft, so habe ich beschlossen, alt zu werden. Ich bin nicht mehr jung, und ich habe viel mitgemacht; doch solange sie hier weilte, war es unmöglich, das Altwerden. Aber jetzt ist sie fortgegangen. Und du bist gekommen, Holländer, damit ich dir meine Geschichte erzählen kann. Sie ist erzählt; und nun kann ich alt werden.

Noch einmal bin ich in dem Lande gewesen; und alles war alltäglich: ein Bachbett voll getrockneten roten Schlammes, einige Felsen und Bäume – nichts, um Angst davor zu bekommen.

Es ist etwas Seltsames um den Beginn des Altwerdens... Das Sterben ist dann nicht mehr weit.« Er stand auf. »Du mußt jetzt wegfahren. Ich bringe dich im Auto nach Digne.«

Und das tat er denn, und wir verabschiedeten uns beim Bahnübergang an der Biegung der Straße nach Grenoble. Und er hielt meine Finger zwischen den Schwämmen seiner Hände; und noch immer wich sein Blick mir aus, so daß ich nie seine Augen richtig sehen konnte und ihn deshalb nie gekannt habe. Und nach der Straßenbiegung sah ich ihn nicht mehr; aber ich hörte, wie er das Auto wendete und wie das Geräusch dann abflaute und verklang.

Schließlich wurde es still. Und ich dachte, ich könnte das Mädchen vielleicht doch finden, irgendwo.

Zweites Buch

Drittes Kapitel

»Das ist kein Haus«, erklärte ich, als wir in den Zufahrtsweg einbogen. »Und ich weiß nicht einmal, wie du heißt.«

»Fey«, sagte sie.

Es war eine Ruine. In größerer Nähe konnte ich das besser sehen, in dem weinerlichen Licht, mit dem der Tag begann. Königsfarne und gewöhnliches grünes Gras und auch allerlei scharfblättrige Blumen sah ich an den farblosen Steinmassen emporwuchern, zwischen denen verfaulte und schimmelüberzogene Fensterrahmen in lächerlich verdrehten Stellungen an und über ängstlichen Säulen lagen – wie Soldaten, die eine Festung erstürmt und nun die Frauen aufgestöbert haben.

Türen, auf denen zwischen abgeblätterten Farbschuppen schmutziges Moos kümmerte, standen trostlos bis zu den Knien in dem toten, rostfarbenen Wasser eines Bombentrichters; und, in verzweifeltem Todeskampfe zermattet, lagen geborsten Möbelstücke und Matratzen im Gebüsch, süßlich riechend nach Verwesung.

Die Hälfte des kleinen Turmes war weggeschlagen, so daß man hineinblicken konnte wie in einen Leichnam auf dem Seziertisch. Bläulich glänzte der von Geschossen aufgerissene Haustein einer Wendeltreppe.

Fey ging mir voraus, die Treppe hinauf. Auf halber Höhe war eine niedrige, unbeholfen gezimmerte Tür, die sie mit dem Fuß aufstieß.

»Das ist die einzige bewohnbare Stube«, sagte sie.

Es war ein langer, nicht sehr breiter Raum. In dem Licht, das Fey angezündet hatte, sah ich an den Wänden hier und dort noch ein Stück dunkelroter Ledertapete, mit runenartigen Verzierungen in abgeschilfertem Gold. Es gab zwei Fenster, von denen eines mit Brettern und Papptafeln vernagelt war. Diese Fenster waren links von der Tür. An der gegenüberliegenden Wand hing eine lange, unregelmäßige

Reihe von etwa zwanzig Fotos – meist von Männern oder Jungen, aber auch ein paar Mädchen waren dabei. Einige Fotos waren sehr groß, andere wieder im Postkarten- oder sogar im Paßbildformat. In wissenschaftlicher Gründlichkeit war durch alle Fotos mit roter Tinte ein Kreuz gezogen worden. Sichtlich kannte ich niemanden von diesen Leuten. Unterhalb der Bilder war ein langes, roh gezimmertes Brett befestigt, auf dem vor jeder Fotografie eine Marmeladendose mit Blumen stand – und in jeder Dose staken Blumen anderer Art. Ich setzte mich mit dem Rücken zu den Fotos.

»Dort in der Ecke hinter dem Vorhang liegen zwei Matratzen.«

Fey hatte eine heisere, aber doch schöne Stimme. »Du gehst jetzt besser schlafen, denke ich; du hast mehr als genug getrunken – und morgen kommen die anderen. Aber paß auf, daß du dich nicht auf Pfarrer oder Pastor legst!«

Ich wollte die Katzen von der Eckmatratze wegschieben, weil ich lieber an der Wand lag; aber eine von den beiden – es war Pfarrer, hörte ich später – begann zu fauchen und zerkratzte mir mit den Krallen die Hand, so daß ich mich auf die andere Matratze legte.

Fey hob den Vorhang und warf mir etwas zu.

»Hier hast du das Tischtuch«, sagte sie. »Wickle dich gut ein! Es ist hier immer kalt und feucht in dieser elenden Bude.«

Ich wußte nicht, wie spät es war, als ich erwachte; denn lange, fast schwarze Regenschleier hatten sich über das Land gebreitet. Mein Kopf war schwer von Schmerzen, und taumelig ging ich zum Fenster und blickte in den Regen.

Plötzlich hörte ich einen kurzen, scharfen Laut – das Knipsen einer Schere. Und dann sah ich Fey.

Sie stand barfuß im scharfen Kies und schnitt Heckenrosenblüten ab. Ihr kurzes Haar war jetzt durch den Regen bläulich-schwarz. Sie trug einen violetten Plastikmantel und darunter irgendwelchen kurzen schwarze Kleidungsstücke. Ich bemerkte, daß sie schöner war als Frauen, die ich früher gesehen hatte, sogar schöner als das Chinesenmädchen, das mir allerdings nur eine Minute lang wirklich zu Gesicht gekommen war, in Calais. Später, auf der Insel, habe ich Männer Feys wegen außer Rand und Band geraten sehen. Lächerliche Dinge taten sie, um ihre Aufmerksamkeit zu erregen oder um mit ihr schlafen zu können; aber selbst wenn das glückte, weil sie zufällig Lust dazu verspürte oder weil sie, wie gewöhnlich, getrunken hatte, kamen diese Männer auch nicht viel weiter als zu der etwas schmerzlichen Erinnerung an scharfe und starke Zähne und an eine völlige Gleichgültigkeit von Feys Seite, am folgenden Tage, und späterhin.

Jedesmal, wenn sie bedachtsam und mit Kenneraugen eine Blüte zum Abschneiden auswählte, sah ich eine für sie kennzeichnende Bewegung ihres Mundes: sie preßte dann die Oberlippe gegen die oberen Schneidezähne und schob den Unterkiefer etwas vor. Kinder tun das wohl auch, wenn sie ein Insekt zerzupfen. Und weil ich sie diese Bewegung so häufig machen sah, und zwar nicht bei Blumen, weiß ich, daß ihr Gesicht dann etwas Grausames, vielleicht Teuflisches annahm. Der sonst in ihren Augen liegende Ausdruck lässiger Bitterkeit oder Spottlust verdichtete sich dabei, und die Augen wurden kleiner und härter – auch schwärzer, kommt mir vor, und noch unnahbarer, als sie es zuvor schon waren.

»Hallo!« rief ich.

Sie drehte sich um und blickte herauf. Sie lachte. Fey lachte nur selten; und die Verfeinerung, die ihr Gesicht dann plötzlich zeigen konnte, war verwirrend, weil es in der Regel grob war und breit durch einen Ausdruck von Empfindsamkeit, den selbst die Spottlust in ihren Augen nicht zu überdekken vermochte.

»Wart ein bißchen!« rief ich und lief hinunter. Am Fuß der Treppe zog ich meine Oberkleider und Strümpfe aus und warf sie an einen trockenen Platz in einem Vorbau, der früher eine Veranda gewesen sein mußte.

»Kann ich dir helfen?« fragte ich. Der Regen troff von

meinem Gesicht, und mein Haar klebte mir in Strähnen an der Stirn.

Fey antwortete nicht, wies aber auf einen Rhododendronstrauch und streckte drei Finger in die Luft. Selbst bückte sie sich wieder zu einer Bartnelkenstaude und achtete nicht mehr auf mich.

Vorsichtig, um nicht über einen Stein zu fallen oder irgendwo auf dem glitschigen Moos, das Steine und Wurzeln überzog, auszugleiten, arbeitete ich mich zu dem Rhododendronstrauch durch und brach drei Büten ab – das letzte, zähe Stengelstück mußte ich mit den Zähnen entzweibeißen. Ich spie den bitteren, herben Saft aus; aber der Geschmack blieb mir im Munde.

Ich hielt die schweren Blüten hoch, Fey entgegen. Sie nickte zustimmend und legte die Hände an den Mund, wie ein Sprachrohr, und ich hörte:

»Flieder – vier.«

Suchend blickte ich in die Runde; doch nirgends sah ich Flieder.

»Ich sehe nirgends Flieder«, rief ich; aber weil es so regnete, verstand sie mich nicht. Und ich rief nochmals: »Ich sehe nirgends Flieder.«

»Du mußt über die Mauer klettern und dann die Brücke überqueren.«

Ich zog mich an dem Efeu hoch; doch ich fürchtete, die Ranken und auch das Moos, mit dem die Mauer bewachsen war, könnten sich lösen. Mit den Beinen zappelnd, tastete ich nach einem Stützpunkt für meine Füße. Aber ich konnte nichts finden, und scharf schnitten die Efeuranken mir in die Hände. Gerade als ich mich nicht mehr halten konnte und mich fallen lassen wollte, spürte ich zwei starke, warme Hände an meinen Beinen, die mich hinaufschoben.

Jetzt war ich rasch oben; und als ich mich, auf den brüchigen Steinen der Mauer balancierend, umdrehte, sah ich, daß Fey eine Hand hochstreckte, um hinaufgezogen zu werden. Aber mehr als einen kleinen Schubs von mir brauchte sie gar nicht. Sie krallte die Füße mit den im Gras seltsam leuchtenden roten Nägeln in die Efeuranken und kletterte wie eine Katze empor.

Drüben war ein toter Flußlauf, der nach einigen bizarren, ausladenden Windungen bald ein grünes, brackiges Ende nahm – in einem Weiher voll giftgrünen Schleimes und bösartiger Wasserpflanzen, die dräuend und hämisch über die tückische Samtdecke der Oberfläche ragten.

Wir ließen uns hinuntergleiten, um zur Brücke zu kommen, die aus einer Anzahl kurzer, von der Feuchtigkeit geschwärzter und zum Teil vermorschter Balken bestand, die lose in die dazu eingehackten Kerben zweier roher, die Ufer verbindender Baumstämme gelegt waren.

Fey ging wieder voraus, behende von Balken zu Balken springend. Steine und Schlammbrocken begannen hinunterzufallen und bildeten eine kleine, polternde Lawine, die vor uns das tote Wasser aufriß. Ich folgte Fey; aber plötzlich hielt ich an, als ich einen der Balken schwanken sah. Ich bohrte mir die Fingernägel in die Handfläche und hoffte, ich würde den Mut aufbringen weiterzugehen, ehe Fey am anderen Ufer sein – und sich umblicken würde. Dann stemmte ich den Stock, den ich auf der Mauer gefunden hatte, so fest wie möglich gegen einen Knorren des rechten Baumstammes und sprang.

Der Balken kippte; aber bevor ich abgleiten konnte, sprang ich zum nächsten hinüber.

Fast gleichzeitig mit Fey erreichte ich das Ufer; und ich rang nach Luft und spürte, daß auch mein Blut in den Schläfen und in der Kehle nach Luft rang. Aber Fey schritt schon wieder rascher voran über eine Art Halbinsel, die durch eine letzte Windung, einen letzten barocken Überschwang des Flusses entstanden war. Und als ich nachkam, stand sie schon prüfend bei dem Fliederbusch. Sie reichte mir die Schere, und nachdem sie den Strauch von allen Seiten scharf gemustert hatte, bezeichnete sie, einen nach dem anderen, die Stengel, die ich abschneiden mußte, und auf jedem Stengel die Stelle, wo ich die Schere anzusetzen hatte. Und mit einer affenartigen, sicheren Bewegung der linken Hand fing sie die fallenden Blütenrispen auf.

Vier hatte ich schon abgezwickt, und ich sah, wie Fey den Kopf tief in den Strauch neigte. Noch stärker wölbte sich jetzt die prächtige Nackenlinie unter dem derb geschnittenen Haar. Rechts vorne am Hals hatte Fey eine lange Narbe, von einer Operation. Sie verbarg die Narbe keineswegs, obschon es sich leicht genug hätte bewerkstelligen lassen. Und auch das trug zu dem merkwürdigen Eindruck von etwas Wildem und Grausamem bei; jedesmal, wenn ich sie zornig sah oder auf andere Weise sehr aufgeregt, erwartete ich, daß diese Narbe zu bluten anfangen würde.

Aber jetzt, als Fey so dastand, schlang ich mit einer ich glaube fast verlegenen Gebärde den Arm leicht um ihre Schultern. »Komm!« sagte ich; und es war, als schreckte sie zusammen, nur einen Augenblick lang. Denn schon wandte sie sich um und legte die Hand um meinen Nacken; und ich spürte, wie sie mir die Fingernägel sachte in die Haut drückte.

Sie blickte mich an; und weit entfernt davon, grausam zu sein, hatte ihr Mund und damit ihr Gesicht jetzt etwas Wehrloses – die Herbheit darin verlor allen kämpferischen Ungestüm.

Als sie sprach, bemerkte ich, daß die Narbe an ihrem Hals leise bebte.

»Es wäre besser, du gingest zurück«, meinte sie. »Es wäre besser, du gingest weg, bevor die anderen kommen. Das hier ist ja doch ein Spiel, bei dem es nur Verlierer gibt... Natürlich«, und ihre Augen zogen sich mehr und mehr in eine Traurigkeit oder Unbewehrtheit zurück, in die ich ihr nicht folgen konnte – »natürlich mußt du selbst wissen, was du tun willst.«

»Ich kenne kein Spiel, bei dem es Gewinner gäbe«, erwiderte ich.

Sie drückte die Nägel tiefer ein. »Das weißt du also«, sagte sie.

Die Unbewehrtheit verschwand, war schon nicht mehr da.

Fey begann zu lachen, aber überlaut. Ihr Körper bäumte sich krampfhaft auf, und sie warf den Kopf weit zurück – wie eine Bacchantin auf einer griechischen Vase.

Fast Wahnsinn war es, was in ihren Augen funkelte. Sie warf die Blumen in das Gras und faßte meinen Kopf an beiden Seiten und biß mich. Sie biß mich in die Lippen und in den Hals, und sie zwängte mit ihren Zähnen meine Kiefer auseinander. Aber ich schrie auf vor Schmerz; und plötzlich ließ sie mich wieder los und ging langsam rückwärts, Schritt für Schritt. Es stand nun eine Spur Blutes auf ihren Lippen, und sie hielt den Kopf schief wie ein erstaunter Hund. Mit den Händen machte sie kleine ruckartige Bewegungen; und dann fing sie wieder zu lachen an, aber jetzt leiser, fast verhalten, und mit der Stimme, die sie wirklich hatte, einem Alt.

Ich las die Fliederblüten auf und ordnete sie wieder sorgfältig auf die richtige Länge. Doch als ich sah, daß Fey wieder auf die Brücke zulief und daß sie von neuem über die Balken zu springen begann, wie ein Leopard oder wie eine Wildkatze oder wie, weiß Gott was eigentlich, schrie ich: »Fall nur, fall nur!«

Sie hielt auf dem schwankenden Balken still, von dem jetzt nach dem Umkippen die glattere Seite obenauf lag, und ging seitwärts, trat auf den linken Stamm; und mit gespreizten Beinen, den Rücken zum Fluß, dastehend, zog sie den Balken ins Wasser.

Als ich mit großer Mühe, die Fliederblüten in der Hand, an das jenseitige Ufer gekommen war, ließ ich mich wieder an dem Efeu über die Mauer hinuntergleiten oder, besser gesagt, fallen.

Daß Fey oben angelangt war, hörte ich an ›Pastor‹ und ›Pfarrer‹, die ihr zumiauten.

Ich wollte noch nicht hinauf und ging zu dem trockenen Platz auf der Veranda, um mich anzukleiden. Und wenn ich nicht schon gelacht hätte, wäre jetzt Gelegenheit dazu gewesen;

denn in einem Winkel fand ich einen Haufen Affenzeichnungen in wilden Farben, von Jawson Wood – leicht angeschimmelt und in altertümlichen Reliefrahmen.

Es regnete noch immer. Ich kämmte mir das Wasser aus dem Haar und dachte, daß es ein langer Weg gewesen war, von Digne nach Luxemburg über Paris, und über Calais.

Auf der Strecke gibt es große Städte, schmutzige Städte, vor denen einem bange wird, die man nur mit einem grauen Bleistift würde zeichnen können. Wenn man dort frühmorgens, mit Sonnenaufgang, ankommt oder abreist, so tut sich ein graues Licht auf, und die ersten Menschen kommen zu den Straßenbahnen und Autobussen. Sie grüßen einander mit schweigender Hand, und über die Straße hinweg bisweilen mit irgendeinem lauten Zuruf; und man schreitet hindurch und hört es.

Zuerst war ich nach Paris unterwegs; und einmal verbrachte ich die Nacht auf einer Parkbank in Grenoble.

»Wenn Sie in das Fernlaster-Büfett gehen«, hatte der Mann, der mich dort absetzte, gesagt, »finden Sie bestimmt einen großen Lastwagen nach Paris oder wenigstens nach Lyon.«

Ich fand keinen, weil niemand mich mitnehmen wollte. So saß ich bis zwei Uhr nachts an einem Tischchen gleich neben der Theke und trank Beaujolais, während immer andere Chauffeure hereinkamen, um rasch einen Pernod oder einen Cognac zu nehmen. Sie brachten einen etwas schalen Geruch nach Öl und Schweiß mit. Draußen hörte ich immer wieder das Bremsen und Anfahren der schweren Wagen.

Von Zeit zu Zeit trat ich ein bißchen ins Freie. Das nächtliche Schauspiel vor einem solchen Fernlaster-Büfett ist faszinierend: von weitem sieht man die Wagen schon kommen, mit zwei mächtigen Lichtern vorn und einem dritten, boshaft zugekniffenen Auge über der Verglasung des Fahrerhauses.

Dann beginnt der lange, orangefarbene Winker weit heraus zu schwingen, und man weiß, daß dann auch hinten rote

Lichter an und aus gehen, an und aus; denn dieses Spiel hat seine Regeln, und ein Verstoß gegen sie kann todbringend sein. Der Motor heult nochmals auf und verstummt dann. Aber die Tür des Fahrerhauses spaltet von neuem die Stille der Nacht, und ein Mann mit grauem, unrasiertem Gesicht blickt einen müde und verdrossen an, wenn man nach einem Platz fragt, einem Platz bis Paris.

Es ist ihnen doch verboten... Der Chef, nicht wahr?... Ein Unfall, die Verantwortung? ... Und sie gehen hinein, geben einander die Hand und trinken und plaudern ein wenig. Von dem Fräulein an der Theke hören sie die Neuigkeiten über die Chauffeure ihrer Firma; und nach kurzer Zeit sind sie wieder fort, kämpfen einsam gegen Nacht und Schlaf, gegen die Straßen, die oft zu schmal sind für ihre riesigen Fahrzeuge.

Nach Paris bin ich aber doch gekommen, am nächsten Tag. Denn nachdem ich das Büfett verlassen und auf der Parkbank geschlafen hatte, erwachte ich kalt und steif und verließ zu Fuß Grenoble, als ein Lastwagen hinter mir herkam.

Statt der rituellen Geste mit dem Daumen schwenkte ich die Arme.

Der Fahrer hielt an.

»Paris?« fragte ich. Aber er verstand mich nicht, weil der Motor lief.

»Paris?« schrie ich. »Est-ce que vous allez à Paris?«

Er rief von oben: »Paris. Aber rasch! Allez vite! Ich habe einen Laster hinter mir.«

Es war gegen fünf Uhr früh, und ich schätzte mich glücklich, weil ich jetzt nach Paris kommen sollte. Auf dem Hinweg war ich nämlich über Reims gefahren und hatte Paris rechts liegen lassen.

O ja, ich glaube, ich fühlte mich wie ein Römer, der zum erstenmal nach Athen kommt.

Aber die Stadt selbst war heiß und für den Fremdling, der ich war, nicht ansprechend. Ich nahm die Metro von den Halles weg, wo der Chauffeur mich abgesetzt hatte, zur Porte d'Orléans, weil ich zur Jugendherberge in der Nähe des Boulevard Brune mußte.

Es war gedrängt voll, und in der drückenden, feindseligen Atmosphäre der Untergrundbahn fühlte ich mich eklig und müde. Die Fahrt dauerte lange, und ich war froh, als ich wieder ans Tageslicht kam. Die Jugendherberge liegt etwa zehn Minuten von der Metrostation, und ich kam gerade noch zurecht, um mein Gepäck abzugeben, weil von zehn bis fünf geschlossen ist.

An diesem Tage wanderte ich durch Paris und fühlte mich fremd und verloren unter all den Menschen, die lachend und plaudernd an mir vorbeigingen. Zum Schluß flüchtete ich an die Pointe de la Cité, hinter das Denkmal Heinrichs IV. Das fahle Wasser der Seine kommt an der Spitze der Insel wieder zusammen, und wenn Schiffe vorbeifahren, schlägt es gegen die Steine.

Daß es nicht ehrenhaft ist, derart über Paris zu schreiben, weiß ich. Auf der Veranda von Feys Haus habe ich ja nicht so gedacht; diese Stimmung stammt von später, viel später, als die Freude des Römers in Athen erlahmt und erstorben war – durch jenes ›Später‹ meiner Armut in dieser Stadt und der Armut, die den Menschen dann sofort allseits umringt.

Aber damals war es noch nicht soweit. Ich weilte zum erstenmal in Paris, und Paris war großartig – die Sonne schien, und ich lag an der Ufermauer der Insel und lauschte nach dem Atem der Stadt hinter den hohen Bäumen der Seine-Ufer mir gegenüber und nach dem Wasser. Dann traf ich Vivien; und sie war das Bindeglied nach Calais – alles lief planvoll ab, und ich gebe noch immer einen zusammenhängenden Bericht.

Sie lachte zu laut, das ist es – es war in der Gastwirtschaft, und sie lachte zu laut; als ich jedoch das Gesicht suchte, das so lachte, entdeckte ich bloß ein gewöhnliches Gesicht, mit vielen Linien um die Augen, wie bei Menschen, die Kummer haben oder gehabt haben.

Ich finde es grotesk, dachte ich, ich finde es grotesk, daß

jemand derart fröhlich ist, mit so einem Gesicht; und ich habe ihr das auch gesagt, am Abend.

Es ist ein gemütlicher Abend gewesen, kommt mir vor. Es gab Australier, und Ellen war da, Viviens Freundin, und ein Utrechter.

Irgendwo in der Bar sang jemand zu einer Harmonika, und an der Zinktheke wusch der Wirt die Gläser, daß sie klirrten. Viel Rauch, und draußen wartete man überall auf Gewitter.

»Woran denkst du?« fragte Vivien. Und plötzlich merkte ich, daß sie meine Hand zu streicheln begonnen hatte.

Ich blickte sie an. Sie ist alt, dachte ich, und sie hat ein gewöhnliches Gesicht. Die Australier und Ellen gingen, aber Vivien wollte nicht mit ihnen gehen. Der Utrechter blieb auch; er hatte nämlich den Nachtschlüssel. Vivien und ich hatten keinen.

»Warum sprichst du nichts?« flüsterte Vivien. Sie neigte sich, mit einer kleinen Kopfbewegung gegen den Utrechter hin, zu mir: »Three is a crowd.«

In der Metro, zurück zur Porte d'Orléans, streichelte sie mir noch immer die Hand; offenbar machte es ihr Freude. Mir wäre lieber gewesen, sie hätte es nicht getan, weil ich es eigentlich bloß lächerlich fand. Das zu sagen, ist nicht anständig; es stimmt nämlich nicht. Aber jedenfalls dachte ich damals, sie wünschte wohl, ich sollte sie küssen und an mich drücken – und ich meinte, ich würde das sicher nicht gut machen oder nicht gut genug, weil sie schon alt war und weil ich, ohne daß sie es hätte erzählen müssen, wußte, daß sie schon mit vielen Männern geschlafen hatte.

Soit! Der Schlüssel war draußen, Utrecht war drinnen; ich küßte Vivien, und ich spürte, wie warm sie war. Aber plötzlich merkte ich, daß nicht ich sie küßte, sondern sie mich, und daß sie mich an sich drückte und mich streichelte.

Sie sagte – und ich konnte ihre Stimme auch auf der Haut spüren, weil sie so dicht bei mir stand:

»Du bist so merkwürdig, deine Augen ...«

Dann sprach sie nichts mehr und keuchte und ließ mich los.

Wir gingen langsam zurück, wieder auf den Boulevard Brune; und in einer Bar tranken wir Kaffee. Junge Arbeiter spielten eifrig Tischfußball; und ich habe allen Grund, mich zu erinnern, wie sie aussahen. Zwei von ihnen trugen Overalls, die drei anderen billige, auffällige Anzüge. Das knatternde Geräusch des Spiels und das rauhe, unartikulierte Schreien der jungen Leute übertönten die Patachou-Platten.

Zwei von den jungen Leuten traten an unseren Tisch.

»Vous êtes Américains?« fragte der eine.

»Ah non – sie ist eine Irin, Irlandaise«, antwortete ich. »Ich bin Holländer.«

»Nein«, widersprach er, »beide Amerikaner.« Er war etwas beschwipst, und er rief die anderen.

»Das sind Amerikaner«, sagte er – und zu uns: »Wollen Sie auf unsere Rechnung etwas nehmen?«

Das paßte zu dem, was wir in dem Büchlein des Utrechters über die Wesensart der Pariser gelesen hatten, und wir sagten ja. Aber ich spürte, wie Vivien unter dem Tisch meinen Fuß zwischen ihre Beine nahm, und ich verstand, daß sie wegwollte; und selbst wollte ich auch gehen, weil ich fürchtete, daß die Männer es bemerken und zueinander etwas darüber sagen oder uns auslachen könnten.

»Das französische Proletariat«, sagte einer der Arbeiter, »bietet dem amerikanischen Kapitalismus eine Erfrischung an.« Die anderen lachten; sie standen jetzt in einem Kreis um uns her und schauten zu, wie wir Kaffee tranken.

»Keine Amerikaner«, erklärte ich. »Sie kommt aus Irland, Dublin, und ich bin aus Holland. La Hollande, Pays-Bas, Amsterdam.«

»Nein«, widersprach der Älteste oder Anführer, der Mann, der etwas beschwipst war.

»Amerikaner, New York. How do you do. Américains. Capitalistes.«

Wir tranken unseren Kaffee aus, dankten den Männern und schüttelten ihnen die Hand. Sie begleiteten uns zur Tür, und ich sah, daß sie uns noch nachblickten, als Vivien hundert Meter weiter mich küßte.

Ich zog sie mit mir. Und plötzlich merkte ich, daß die Männer hinter uns herkamen.

»Sie folgen uns«, flüsterte ich.

Vivien blickte sich um. Sie kamen uns schon näher; und als wir rascher ausschritten, begannen sie zu laufen.

»Rennen wir schnell!« rief ich Vivien zu. »Dann sind wir bald an Ort und Stelle, es ist nicht weit.« Aber sie wollte nicht, und nach einer kleinen Weile waren die Männer schon bei uns. Wir blieben stehen; und weil niemand etwas sagte, war es merkwürdig und etwas unheimlich, wie sie um uns herumstanden und grinsten.

Schließlich begann der Anführer, der uns den Kaffee verehrt hatte, zu sprechen.

Er packte mich am Arm. »Wir haben ein besonderes Anliegen«, erklärte er. »Nichts Schreckliches, ach nein.« Er war jetzt richtig betrunken. »Eine peinliche Sache«, seufzte er. Die anderen schwiegen und standen um uns herum.

»Was wollen die Leute?« fragte Vivien. Sie verstand nicht Französisch.

»Ich weiß nicht.« Und zu dem Mann, der mich festhielt, sagte ich: »Was wollen Sie? Lassen Sie mich los!«

Er faßte mich am Nacken und schüttelte mich. »Du brauchst nicht so das Maul aufzureißen, dreckiger Amerikaner, blöder Kerl!« schrie er. »Die Sache hat nur den Haken, daß du ein Mädel mit hast.« Er ließ mich los.

Ich hatte Angst. »Laufen wir davon!« flüsterte ich Vivien zu.

Aber sie fragte nochmals: »Was wollen die Leute?« Und ich schrie: »Ich weiß es nicht, das hab ich dir doch schon gesagt.«

Der Anführer packte mich von neuem. »Es sind da so Scherereien«, erklärte er. »Etwas mit der Kasse. Die Kasse im Café stimmt nicht. Nur eine Kleinigkeit.«

Ich fühlte mich sehr müde. Auf der Straße waren keine Menschen mehr.

»Eine schrecklich peinliche Geschichte«, greinte er wieder. »Sehr unangenehm, eine Kleinigkeit. Vielleicht können Sie mit ins Café zurückkommen?«

»Gut«, meinte ich, »wir werden den Cafétier fragen.« Und wir machten uns langsam auf den Rückweg, stumpfsinnig und stumm, wie eine Kuhherde – bis es wieder einen Aufenthalt gab. Ich wollte weitergehen, aber der Anführer begann von neuem zu schreien:

»Stehenbleiben jetzt! Du gottverdammter dreckiger...« Doch er brachte es nicht heraus.

»Ich dachte, wir gehen ins Café«, sagte ich. Aber er faßte mich wieder am Rock und preßte mir seine große Faust an den Mund; und ein anderer hielt mir seine Hand über die Nase, so daß ich keine Luft mehr bekam.

»Wenn du nicht ein Mädel bei dir hättest...«, schrie er wiederum und fluchte. Und dann ließen sie mich plötzlich wieder los. Und der Anführer begann weinerlich zu jaulen: »So eine peinliche Geschichte, ich kann es nicht klarmachen.«

Ich begann mich langsam zurückzuziehen, bis ich das Messer sah, das einer der anderen in der Hand hielt. Jetzt wird es Ernst, dachte ich, und das Messer ist rostig. Und ich fragte:

»Wieviel?«

»Sechshundert«, sagten sie.

»Sechshundert«, teilte ich Vivien mit; ich hatte ja kein Geld bei mir.

»Warum?« erkundigte sie sich; aber ich gab keine Antwort. »Frag doch, was los ist?«

»Sie sind betrunken«, rief ich. »Das siehst du doch.«

Sie nahm ihre Brieftasche heraus. »An Irishman would have fought the lot of them«, murmelte sie. »Eins, zwei, drei, vier.« Sie zählte die Hundertfrancscheine in die wartende schweißige Hand.

»Das sind erst vier«, sagte der Mann. »Und Sie haben da noch einen Tausendfrancschein.«

»Frag ihn, ob er wechseln kann.«

Als Antwort auf meine Frage schwenkte er die vier Scheine, die Vivien ihm eben gegeben hatte. Sie reichte ihm den Tausendfrancschein, und er gab ihr vierhundert heraus, und die Männer wandten sich zum Gehen. »Eine peinliche Geschichte«, sagte der Anführer und drückte uns die Hand. Er flennte jetzt wirklich. »Schrecklich peinlich – scheußliche Sache!«

Wir sprachen beide kein Wort; ich wußte, daß Vivien mich jetzt für einen Feigling hielt. Nach einer Weile fragte ich sie: »Du siehst mich jetzt sicher als Feigling an?«

»No. I'm sorry about that«, sagte sie. »Du kannst doch nicht boxen. Und außerdem, was hättest du auch gegen fünf von diesen Kerlen ausrichten können?«

Ja, dachte ich, so ist es. Und mir fiel eine noch bessere Ausrede ein: »Gott weiß, was sie dann mit dir getan hätten. Sie waren doch betrunken.« Aber ich überlegte mir im stillen: Ein Ire hätte sich gewehrt. Und sie dachte natürlich das gleiche; doch sie blieb stehen und sagte:

»Wir wollen die Sache vergessen, ganz vergessen; sie hat sich überhaupt nicht zugetragen.«

Wir gingen weiter.

Die Straßen waren still, aber in der Ferne hörten wir die Stadt. Und weil ich wußte, daß Vivien darauf wartete, und weil sie immer wieder meine Hand berührte, faßte ich sie und drückte sie gegen die Mauer und liebkoste sie. Aber ich hörte nicht auf zu denken; ich registrierte – anders kann ich es nicht ausdrücken – ihr Gesicht in allen Einzelheiten, den weichen Flaum auf ihren Wangen und den tastenden roten Mund. Aber plötzlich begann sie sich unter meinen Händen zu bewegen; ihr Körper wiegte sich, wie es manchmal Segelschiffe tun, wenn sie den Wind auf bestimmte Art nehmen. Und ich hörte sie reden, aber ich verstand nicht alles.

»Was meinst du?« fragte ich. »Was sprichst du denn?« Und ich ließ sie langsam los.

Aber sie drehte den Kopf von mir weg und hielt den Mund offen. Eine Weile stand sie so da.

»Wie alt bist du?« fragte sie dann.

»Achtzehn«, sagte ich.

»Who taught you?«

Ich war mir nicht bewußt, etwas Besonderes getan zu haben – ich hatte es einfach so gemacht, wie ich dachte, daß es sein müßte, oder wie ich dachte, daß andere es tun würden, oder so ähnlich.

»Ich habe noch nie bei einer Frau geschlafen«, gestand ich.

Sie packte mich an den Schultern und hielt mich auf kurzen Abstand von sich.

»Dann tu es nie!«

»Du hast doch sicher mit vielen Männern geschlafen«, meinte ich.

Sie nickte bejahend – mit einer Bedachtsamkeit, als wollte sie sie zählen. »Aber ich tue es nie mehr.« Und sie brach in Tränen aus, ganz plötzlich.

Eigentlich wurde ich wütend. Kein ritterliches Verhalten, aber es war so.

»Nicht weinen!« beschwichtigte ich sie. »Nicht!« Und ich dachte: Warum heulen die Leute immer in meiner Gegenwart? Und zum erstenmal fiel mir wieder mein Onkel Alexander ein und jener erste Abend in Loosdrecht, als er sagte, er weine nicht.

»Ich weine nicht«, erklärte sie. »Aber woher weißt du, daß ich Kummer habe?«

»Deine Augen ...« Ich fuhr mit einer Fingerspitze um ihre Augen, als zeichnete ich eine Brillenfassung. »Da hast du ja Linien rundherum.«

Ich stand noch immer dicht vor ihr, während sie an der Wand lehnte und weinte.

Endlich kam es heraus. »He was so beautiful« – mit einem gedehnten, hohen Akzent auf der ersten Silbe von ›beautiful‹, wodurch das Wort einen seltsamen, bezaubernden Klang erhielt.

»Wer?« fragte ich.

»My baby.«

Du bist Mutter – dachte ich; und ich fand es sonderbar. »Ich glaube, ich werde jetzt schlafen gehen«, sagte ich. Ja, und ich gab ihr einen Gutenachtkuß, während sie mir von dem Mann erzählte, der sie im Stich gelassen hatte. »Und er war so schön und groß; und er hat alles so herrlich gemacht. Ich hätte ihn leicht zwingen können, mich zu heiraten, leicht; er hat es mir ja selber angeboten, obwohl er es nicht ernstlich wollte. Ich habe es nicht getan, weil ich ihn liebhatte ... Was nachher gekommen ist, war nichts – höchstens Betäubung.«

Sie hob ein wenig den Kopf und blickte mich scharf an. »Du hast merkwürdige Augen«, sagte sie wieder, »verführerische Augen; sie müssen wohl grün sein bei Tageslicht – es sind Katzenaugen.«

Alle Farben haben sie, dachte ich. Und sie führte ihre Hände unter meine Kleider und sagte, ich sollte es auch bei ihr tun; und so fühlte ich, daß sie eine zarte Haut hatte. Und da ich meine Hände nicht stillhielt, begann sie wieder, sich zu bewegen und ein wenig zu keuchen. Und nun dachte ich: Wenn ich dich nicht keuchen hören will, muß ich selber keuchen; und wenn ich nicht spüren will, daß du dich unter mir bewegst – wir hatten uns ins Gras gelegt, auf ihren Regenmantel –, muß ich mich selbst bewegen. Und ich versuchte, es genauso zu machen, wie man das manchmal im Film sieht, und dazu noch ein bißchen zu schnauben und umherzuwetzen, wie sie das tat; aber es ging nicht, weil ich es so lächerlich fand – vielleicht auch, weil ich immer daran denken mußte, daß sie alt war, und gewöhnlich, und eine Mutter. Doch ich glaube nicht, daß sie es merkte.

Schließlich lag ich still, und sie sagte: »Bist du aber mager!«

»Das Kind«, fragte ich, »das Kind – wo ist es?«

»Ich habe es weggeben müssen«, flüsterte sie, und jetzt war sie wirklich sehr traurig. »Ich habe meinen Buben weggeben müssen. Und jetzt darf ich ihn nie mehr sehen – ich habe versprechen müssen, es niemals zu versuchen. Er ist jetzt bei

Pflegeeltern. Er ist das schönste Baby, das ich im Leben gesehen habe.«

»Ja«, sagte ich.

»Er war groß und stark. Jetzt kriegt er einen neuen Namen, und er wird nie erfahren, daß die andere nicht seine Mutter ist und wer ich bin. Aber ich habe ihn weggeben müssen, weil ich Pflegerin bin in einer großen Heilstätte im Osten von London; ich wohne dort – und ich durfte ihn nicht behalten, als ich nach der Entbindung wieder zurückkam.«

»Ja«, sagte ich und stand auf. Ich fröstelte und war steif; und ich hatte Schmerzen.

»Küß mich!« flüsterte sie. Und ich küßte sie wieder, so fest ich konnte, weil ich bemerkt hatte, daß sie das am liebsten wollte. Und dann eilte ich hinein, weil ich müde war und schläfrig. Sie hatte ein Zelt draußen, zusammen mit Ellen.

Am nächsten Tage sah ich etwas Merkwürdiges, etwas, was ich bisher noch nie gesehen hatte. Ich hatte mich mit Vivien für ein Uhr nachmittags beim großen Teich im Luxembourg-Garten verabredet, auf der Seite zur Rue de Médicis. Selbst war ich schon um elf Uhr dort, weil ich es in dem Park nett fand. Ich saß am Rande des Rasens und schaute mir die Vorübergehenden an. Mein rumänisches, handbesticktes, schwarzes und rotes Käppchen führte zu einem kleinen Abenteuer, das mir viel später, als ich in dieser Stadt in der Klemme saß, mittelbar noch zu einer schmutzigen, schlechtbezahlten, aber höchst willkommenen Arbeit verhelfen sollte. Ich bemerkte, daß jemand mich fixierte, und daß er sich – es war ein junger Mann –, als ich so tat, als blickte ich nicht hin, auf einen anderen Stuhl setzte. Noch später stand er wieder auf und ging auf mich zu. Ich wartete, bis er mich ansprechen würde. Seine Stimme war weich; und sogar ich hörte, daß sein Französisch einen fremden Klang hatte.

»Kommen Sie aus Jugoslawien?«

»Nein«, antwortete ich; und eigentlich bedauerte ich es, weil ich seiner Stimme anmerkte, daß er gern bestätigt gehört hätte, ich käme aus Jugoslawien. »Nein, ich bin Holländer, und das Käppchen stammt aus Rumänien.«

Der Mann – oder, besser gesagt, der Junge – war ein polnischer Flüchtling, und er erzählte von seinem Land; und später gab er mir, da er selbst schon gegessen hatte, eine Speisemarke für eines der Foyers Israélites, so daß ich mit Vivien dorthin essen gehen konnte.

Sie sah an diesem Tage nicht so alt aus, weil sie nicht alt aussehen wollte; und sie machte den Eindruck, als sei sie fest entschlossen, sich gut zu unterhalten und zu lachen.

Das ›Foyer‹ war voll und lärmend; aber damals fanden wir es gemütlich und betrachteten die jungen Juden, von denen einige schwarze Käppchen trugen, wie mein Onkel Alexander; und wir horchten auf die Sprachen, die zu hören waren.

Nachher wäre ich gern auf die Ile gegangen; aber Vivien wollte zurück zur Jugendherberge.

»Warum?« fragte ich. »Dort ist ja gesperrt bis fünf Uhr.«

»Mein Zelt doch nicht.«

Und weil ich mit ihr ging, hatte ich Gelegenheit zu sehen, wie ihr Gesicht sich veränderte. Im Zelt war es heiß, und Vivien lag an mich geschmiegt und sprach nichts, und ich blickte eigentlich nicht sie an. Aber später lag ich über ihr, und ich bemerkte, daß ihr Gesicht ganz anders geworden war. Es war jung, und das Sonnenlicht, das auf den orangeroten Zeltstoff schien, gab ihren Wangen einen verwirrenden Orangeglanz.

Ich liebte Vivien bestimmt nicht; denn ich war der Meinung, ich würde das Chinesenmädchen lieben, wenn ich es je finden sollte. Aber ein Zauber waltete jetzt; und ich strich sachte über dieses fremdartige Gesicht, das ich vorher noch nie gesehen hatte. Und das Gesicht strahlte; und es war, als berührte ich es überhaupt nicht oder könnte es gar nicht tun.

»Höre!« begann ich ganz leise, als sei sie mir ebenso unfaßbar geworden wie ihr Gesicht. Aber sie war noch da, und ich sagte: »Höre, dein Gesicht ist ja ganz anders geworden.«

Sie lachte langsam. »Wie ist es?« fragte sie.

»Ich weiß nicht.« Ich versuchte, darüber nachzudenken. »Jünger ist es«, sagte ich. »Und ich glaube, daß es schön ist.«

Sie lachte noch immer, fast geheimnisvoll; und dadurch war sie nicht mehr gewöhnlich. Sie schien glücklich. Aber sie streckte die Arme empor, und obwohl sie lachte, meinte sie eigentlich etwas anderes, als sie sagte:

»Das hier hast du nicht gesehen, wie?«

»Was denn?« Ich hatte nichts gesehen.

»Eigentlich sollte ich es dir nicht erzählen«, meinte sie. »Ich bereue es nämlich selber, weil es feig war.« Aber inzwischen hatte ich die beiden merkwürdigen weißen Streifen an der Innenseite ihrer Arme, in Ellbogenhöhe, schon entdeckt.

»Wie ...?« fragte ich.

Sie wandte den Kopf zur Seite, so daß ich ihr nicht mehr ins Gesicht blicken konnte.

»Mit einem Rasiermesser«, antwortete sie. »Aber es war im Krankenhaus, und ich hatte eine Ader nicht richtig erwischt. Und weil sie mich so rasch gefunden haben, ist es mir nicht gelungen, mich totzubluten.«

»Oh«, sagte ich; und obwohl das Gesicht noch fern war, strich ich behutsam mit den Lippen darüber.

Jetzt hätte sie, das wußte ich, gern gewollt, daß ich mit ihr schlafen sollte, obwohl sie mich natürlich für einen Feigling hielt, wegen der Sache vom Abend zuvor, weil ich mich nicht zu Wehr gesetzt hatte, und obwohl ich eigentlich nicht so hübsch und groß war wie andere Männer, so daß ich vielleicht nicht so gut über ihr liegen konnte. Aber wie immer das sein mochte, es kam nicht dazu; denn jetzt trat Ellen ein, und tags darauf sollten sie beide verreisen.

An diesem Abend beschlossen wir, einen Wettkampf zu veranstalten. Es ging darum, wer per Anhalter rascher nach Calais käme. ›Wir‹ – das waren eine junge Amerikanerin namens Genevieve, die beiden Australier, Ellen, Vivien und ich.

Eigentlich wollte ich überhaupt nicht nach Calais – mein Geld reichte gar nicht dazu, nach England zu fahren; aber ich dachte, wenn Vivien weg sein würde, wäre niemand mehr da, den ich kannte. Das ist immer so geblieben, auf allen meinen Reisen: ich bin immer der Verlierer, weil ich mich so sehr an die Dinge hänge, und auch an die Menschen; und dann ist das Reisen kein Reisen mehr, sondern ein Abschiednehmen. Ich habe meine Zeit damit verbracht, Abschied zu nehmen und mich zu erinnern und in meinem Notizbuch Anschriften aneinanderzureihen, wie kleine Grabsteine.

Am nächsten Tag stand ich um sechs Uhr früh auf. Paris war verdrießlich und unangenehm feuchtkalt. Ich wußte nicht, ob ich der erste war, der davonfuhr; aber ich war fest entschlossen, an diesem Abend in Calais zu sein – ich wollte mir selbst beweisen, daß ich dazugehörte, zu den anderen und zum Wettkampf. Merkwürdig ist, daß ich den ganzen Tag daran dachte, Vivien würde an diesem Abend auch dort sein; ich zweifelte nämlich keinen Augenblick daran, daß die Mädchen vor mir ankommen würden.

Ich nahm die Metro nach der Porte de la Chapelle und von dort einen Autobus in die Richtung Saint-Denis; dann ging ich zu Fuß. Wieder hatte ein leiser Regen eingesetzt; und es gab keine Bäume, so daß ich naß wurde und schmutzig. Außerdem wollte ich nicht gleich mit dem Winken anfangen; ich habe nämlich, solange noch Häuser an der Straße stehen, das Gefühl, die Leute schauten mir hinter ihren Vorhängen zu, was auch meist der Fall ist.

An diesem Tage hatte ich nicht viel Glück. Ich wurde mehrere Male auf kleine Strecken mitgenommen; und da nicht viel Verkehr war, mußte ich manchmal lange Zeit in meiner schweren Bepackung wandern, zwischen Kornfeldern und Wiesen; denn man konnte sich unmöglich ein wenig hinlegen oder auch nur hinsetzen, weil der Sprühregen alles so durchnäßt hatte. Ich entsinne mich der besonderen Stille bei dieser Wanderung – ich war ja ganz allein.

Mein erster Wagen hatte mich nach Chars gebracht, das eigentlich abseits von der über Beauvais gehenden Route liegt, so daß ich von dort aus nicht viel Besseres tun konte, als nach Gournay zu fahren und dann nach Abbeville.

Ich bekam einen großen Camion.

»Und alles ist bestechlich«, setzte der Mann mir auseinander, »die Kammer, die Minister, alles ...«

»Ja«, pflichtete ich bei; und die Ladung und das lockergerüttelte Eisengestell des Führerhauses stampften Beifall, weil die Straße gerade schlecht war.

Wir rauchten unsere Gitanes, und ich tat eifrig mein Bestes, um seinen Ausführungen zu folgen und an den richtigen Stellen jene bejahende oder verneinende Antwort zu geben, die er abzuwarten schien, ehe er weitersprach.

»Und das Schönste ist, daß alle Minister, wenn sie auch nur eine Woche auf ihrem Fauteuil gesessen haben ...«

Ob wohl Vivien schon in Amiens war?, dachte ich. Oder nahm sie vielleicht auch diesen Weg?

»... für den Rest ihres Lebens eine fette Pension ausbezahlt kriegen.«

»Ja«, sagte ich. Und ich nahm mir vor zu fragen, ob er vielleicht zwei Mädchen gesehen hätte, das eine mit einer irischen Ansteckflagge. Aber er fluchte, weil der Scheibenwischer nicht ging; denn jetzt begann der Regen heftig zu werden und schlug mit gemeinen Güssen gegen die Windschutzscheibe, so daß der Chauffeur die Fahrt verlangsamen mußte.

»Und dann dieser Krieg«, rief er, »der uns jeden Tag eine Milliarde kostet. Ahaha, c'est trop intelligent, l'homme, même plus que les bêtes. Merde!« Und er wartete ein bißchen, bis wir dicht bei einem Schlagloch waren, so daß er die volle Zustimmung von Wagen und Ladung erhielt, als er mit ausgestrecktem Arm prophetisch auf die im Regen nun fast unsichtbare Straße wies und ausrief: »Es ist aus mit Frankreich. Es ist aus mit Europa.«

Jedenfalls gelangte ich nach Calais. Aus dem grauen, trostlosen Boulogne in einem fettigen, stinkenden Tankwagen nach dem noch graueren Calais – auf einer Straße, über die jetzt schwere Nebel vom Meer her zu treiben begannen. Es war, als könnte das schwere Führerhaus dem Druck der Hoffnungslosigkeit und Auflehnung dort draußen kaum standhalten. Acht Uhr war es, als mein Chauffeur mich in der Stadtmitte absetzte.

»Au revoir.« – »Oui, au revoir.«

Der Regen prasselte gerade nieder, und die Straßen waren kotig und voll Pfützen. Ein junger Mann in kurzem Lederrock und blauer Nietenhose sah zu, wie ich, den Pfützen möglichst ausweichend, auf ihn zukam. Er hatte ein hartes, hämisches Gesicht, mit einem kurzen, armseligen Bart.

»Wissen Sie vielleicht, wo hier die Jugendherberge ist?« fragte ich ihn, während ich mir das Wasser aus den Augen wischte.

Er blickte mich zuerst an, ohne Antwort zu geben. Dann spie er kräftig in eine Pfütze und sagte: »Die ist drei Kilometer weg, an der Straße, auf der du gerade hergekommen bist. Ich muß auch hin, geh mir einfach nach.«

Ich erkundigte mich, ob er vielleicht zwei Mädchen gesehen hätte, eine Irin und eine Engländerin; aber er spuckte wieder aus, sagte: »Nein« und machte sich auf den Weg.

Meine Kleider klebten mir am Leib, und da ich an diesem Tage noch nichts gegessen hatte, fühlte ich mich elend; aber ich schritt vor mich hin, durch den Regen, der mir ins Gesicht schlug, bis die Haut marmorkalt und gefühllos geworden war. Und von Zeit zu Zeit spuckte mein Führer mit einem heiseren Räuspern aus und sprach kein Wort. Ich haßte Calais. Wo wir gingen, war alles voll Sand und Kohlenstaub, der Boden war aufgeweicht und schlammig; und die Häuser standen fühllos und jämmerlich unter diesem Regen. Schmierige Kinder mit blassen Erwachsenengesichtern beguckten uns hinter schmutziggrauen Vorhängen, ohne irgendwelche andere merkbare Empfindung in ihren Mienen als tödliche Langeweile. Ab und zu gab es Lücken zwischen den Häusern, und dort lagen dann Abfälle und rostiges Eisen; und ein verwahrloster Hund bellte uns gehässig an, als wollte er den Unrat, den er vielleicht noch irgendwo hervorscharren würde, im voraus gegen uns verteidigen.

Die Jugendherberge selbst lag an einer Abzweigung von dieser Straße nach Boulogne. Es war ein niedriges Holzgebäude – und niemand befand sich darin.

Ich hatte die Wette gewonnen und ärgerte mich, weil ich jetzt den Abend mit dem Algerier – denn das war er – verbringen sollte; und ich stellte mir vor, wie ich mit ihm an einem Tisch sitzen und er nichts sprechen und spucken würde.

Gegen zehn Uhr kam einer der Australier, ein großer, rothaariger Mann mit einem Heinrich-VIII.-Bärtchen. Und obwohl ich ihn in Paris eigentlich nicht beachtet hatte, fühlte ich mich jetzt wie heimgekommen. Aber er wußte nichts von Ellen oder Vivien, auch nicht von den beiden anderen. »Vielleicht«, sagte er, »haben sie das Sechsuhrschiff noch erwischt, nach Dover.«

Dann sind sie schon in England, dachte ich, und ich sehe Vivien nicht mehr.

Später am Abend kamen noch andere Autostopper herein; sie brachten in ihren Kleidern den Regen und in ihren Mienen die Erinnerung an einen gräßlichen Tag mit. Aber Vivien war nicht dabei, und niemand hatte sie gesehen.

In dieser Nacht war mir kalt, weil ich nicht genug zum Zudecken hatte; und ich war froh, als der Tag kam. Aber er brachte wieder nur neuen Regen, und meine Kleider waren noch naß. Draußen schien es trübseliger als je.

Im Laufe der Nacht war, während wir schliefen, noch der andere Australier eingetroffen. Auch er hatte Vivien nicht gesehen, so daß man nun als sicher annehmen konnte, daß sie nicht mehr kommen würde. Die Australier fragten, ob ich mitgehen wolle, ihre französischen Francs in Wein umzusetzen; und das habe ich getan. Es war eine kleine Gastwirtschaft, in der Nähe von Rodins ›Bürger von Calais‹. Wir aßen nur Pommes frites, und hinterher tranken wir jeder eine Flasche billigen algerischen Weins.

Das letzte Glas erhoben wir auf Viviens Wohl, weil sie in England weilte.

Aber sie war gar nicht in England. Als wir Arm in Arm zur Paßstelle am Hafen kamen, stand sie angereiht vor dem Zoll. Sie war gestern nur bis Boulogne gekommen.

»Vivien!« rief ich. »Vivien!«

Aber sie sagte, ich sei betrunken; und ich brach in Tränen aus, weil ich bestimmt wußte, daß sie mir Unrecht tat. O ja, und küssen wollte ich sie. Aber sie schob mich sachte zurück und erklärte, ich dürfe ihr nur vom Strand aus Lebewohl winken.

»Gut«, entgegnete ich, »ich werde dir vom französischen Strand aus Lebewohl winken.«

Doch ich konnte den französischen Strand nicht finden; überall waren Häuser, und beim Hafen war kein Strand. Ich fragte jemanden, wo der Strand sei, der französische Strand. Aber niemand hat mich verstanden; und so ging ich einfach weiter, bis zu einer Stelle, wo ich hinter den Straßen das Meer vermutete. Und endlich fand ich das Meer, und es war ruhig und etwas trübselig im Regen. Und England lag nebelhaft in der Ferne, auf den Wellen schaukelnd.

Ich erwachte vom Pfeifen des Schiffes. Aber das war nicht Viviens Einuhrboot; es war das Abendschiff. Und obwohl es noch sehr früh war, im Juni, hatte sich das Dunkel schon um mich her niedergelassen: das machten der Regen und die Leichenfarbe des Himmels.

Dreimal trompetete die Dampfpfeife, wie ein alter, schwermütiger Elefant; und liegend sah ich das Schiff davonfahren.

Doch das war, ich wußte es, nicht Viviens Schiff; und meine Hand, die hatte winken wollen, blieb in erstarrter, sinnloser Gebärde einen Augenblick lang in der Luft hängen.

Langsam stand ich auf; meine Kleider waren schwer vom Wasser, und ich hatte rasende Kopfschmerzen.

»Vivien!« sagte ich. »Vivien!«

Aber ich lachte laut auf, weil ich mir nichts aus ihr gemacht hatte. Ich kreischte vor Lachen und schlug mir auf die Schenkel, daß das Wasser aus meiner Hose klatschte – ich hatte ja sechs Stunden im Regen gelegen –, und ich lachte, weil mir übel war und weil Vivien ein altes Gesicht hatte und darauf erpicht gewesen war, daß ich sie küssen sollte.

Und dann bemerkte ich, daß jemand mich ansah. Und ich stand mäuschenstill – so daß mein Lachen erschrocken vom Strande floh und kein Laut mehr blieb als das Rauschen des Meeres und das Flügelschlagen einer einsam kreisenden Möwe.

Ich wandte mich um und sah einen Augenblick lang sie.

Sie trug eine schwarze, enganliegende Kordhose ohne Aufschläge und eine dunkelgraue Windjacke, aus der oben der hohe, schwarze Kragen eines Wollpullovers hervorsah; und ihr schwarzes, kurzes Jungenhaar war glanzlos und zerzaust vom Regen. Sie hatte Haare in der Farbe von Krähenfedern; und ihre Augen standen sehr groß und braun in dem schmalen chinesischen Gesicht.

Ich wußte: es war das Mädchen. Aber eigentlich durch den Augenschein feststellen konnte ich das nicht, denn sie sah genauso aus wie ein kleiner, ernsthafter Junge. Und sie war mir so nahe, daß ich sie fast berühren konnte; ja, ich bemerkte ganz deutlich, daß sie den Mund öffnete, wie um etwas zu sagen. Aber dann machte sie einen Schritt zurück, weil ich mich bewegt hatte, und sie begann sich rasch zu entfernen. Sie erklomm eine Dünenböschung und blickte von dort einen Augenblick lang zu mir herab. Ich war ihr nicht gefolgt; mit meinen schweren, nassen Kleidern konnte ich ja nicht rasch vorwärtskommen.

»Nicht davonlaufen!« rief ich. »Nicht davonlaufen! Warte doch auf mich!«

Aber sie verschwand hinter dem Dünenkamm; und ich blieb wieder allein mit dem Strand und dem Meer.

Langsam begann auch ich zurückzuwandern, ihren Spuren folgend, bis ich zu einer Straße kam.

Viertes Kapitel

Und das war also der erste Weg, auf dem ich ihr folgte. Aber später?

Am Beginn standen noch ihre Fußstapfen im feuchten Dünensand von Calais. Oh, und später waren die Menschen, die sie in Luxemburg gesehen hatten oder in Paris oder in Pisa. Aber was tut das eigentlich zur Sache? Es handelt sich um eine Geschichte, und ich habe diese Geschichte einmal erzählt, einem Freunde, aber wohlgemerkt: in der dritten Person – ›Und langsam begann auch er zurückzuwandern, ihren Spuren folgend.‹ Und damit handelte es sich um einen anderen und nicht mehr um mich; denn ich wollte nicht, daß so etwas mir widerfahren sein sollte.

Ein anderer war es und nicht ich, der, als er schließlich in die Herberge kam, hörte, sie sei diese Nacht zu später Stunde gekommen, nach allen anderen – und schon wieder fortgegangen. Wohin? Das wußte niemand; im Gästebuch hatte sie in diese Spalte ein Fragezeichen gesetzt.

Ein anderer war es und nicht ich, der nun die Namen der großen europäischen Städte auf ein Blatt schrieb und dann blindlings einen Finger darauf setzte und Brüssel traf und deshalb am nächsten Tag weiterreiste – mit dem Wissen, daß es kein anderer war, sondern ich, der sich von Calais nach Dünkirchen im Auto mitnehmen ließ.

Und warum das? Warum saß ich nicht in einem Büro wie die anderen, warum stand ich im Regen an der Straße, während sie arbeiteten? An der Straße! Ich weiß jetzt, was Straßen sind; ich habe sie gesehen und kennengelernt: scharf hervorgehoben in Rot und Rosa durch erstes und letztes Sonnenlicht; sich totlaufend in einem von Regen umschlungenen Horizont; holperig und rissig und voll atembenehmenden Staubes, der mich, den Wanderer, umwirbelt und durchdringt; aufwärts kriechend und sich windend mit einem Anblick, unerbittlicher als das umgebende Gebirge; Straßen, in das Geheimnis von Wäldern gebettet oder plötzlich von Tagesstraße in Nachtstraße wechselnd, mit der Sehnsucht, die dazugehört; und immer wieder Straßen, auf denen man wandern muß, wenn man schon weit gewandert und müde ist. Müde.

Und bin ich dadurch minder einsam geworden? Weil Menschen mich mitnahmen? Und mit mir sprachen? Denn das darf ich mich doch wohl fragen: Bin ich dadurch minder einsam geworden? Weil Menschen mir weiterhalfen, mir zu essen gaben, und zu trinken?

›Dic nobis, Maria, quid vidisti in via?‹ ... ›Was hast du auf der Straße gesehen?‹

›Mors et vita duello conflixere mirando.‹ ... ›Tod und Leben lagen in wunderlichem Zweikampf.‹ Ja, dieses Bild bieten die Menschen, ein Bild von Tod und Leben in wunderlichem Zweikampf – ich, der ich ein Chinesenmädchen gesucht habe, überall, und vergeblich; und jene Menschen, die es nicht gesucht, aber mich mitgenommen haben, während sie auf der Suche nach etwas anderem waren; und dann wieder ich, voll Verlangen darnach, ruhig zu sitzen und nachzusinnen; aber ich hatte schon so viel, zu viel gesehen. Und die Straße ist Unrast, führt nur ins Undsoweiter; denn es ist wohl klar, daß ich das Leben schlecht erfaßt habe, und noch schlechter geführt. Und doch, mein Liebstes, der Ausgang ist der gleiche!

»Was tun Sie?«

»Ich suche ein Mädchen.«

»Was für ein Mädchen?«

»Ein Mädchen mit einem chinesischen Gesicht.« Aber ich bin machtlos dagegen.

Niemand darf mir das verübeln. Ich bin noch ein Kind, und ich habe zu lang im Abend gestanden – Wer hat das gesagt? –; ich suche ein Mädchen. Es muß hier irgendwo sein, vielleicht in Rom, vielleicht in Stockholm oder in Granada, jedenfalls ganz in der Nähe.

»Was tun Sie?« – »Ich suche ein Mädchen.« – »Was für ein Mädchen?« – »Ein Mädchen mit einem chinesischen Gesicht« …

»Ja, einmal. Einmal habe ich das Mädchen gesehen. Auf dem Strande bei Calais.«

»Nein, vorher nie.« Ja, vielleicht auch wohl noch einmal, aber das weiß ich schon nicht mehr sicher. Denn es war nicht wirklich, vielleicht dachte ich es bloß – ein alter Mann hat es mir erzählt, Maventer. Er hat mich in ein Dorf gebracht, dessen Namen ich nicht kenne; und seine Hände waren weich wie Schnecken, und seine Arme waren weiß und dick und unbehaart.

Ach, es regnet. Aber ich wandere weiter. Ich kann es jetzt nicht mehr zur Muße zwingen, mein unruhvolles Herz, das Augustinus-Herz, in der Unruhe der Städte oder der Reise.

Ja, ich suche etwas. Ein Mädchen? Oh, ein Chinesenmädchen. Vielleicht auch etwas anderes. Dort ist ein Bauernhof. Ich stehe hier schon sechs Stunden, aber Belgier halten nicht an. Ich bin ein Bettler, aber Bettler sind hier aus der Mode. Warum sind Sie denn unruhvoll, mein Herr? … Alle diese sozialen Vorsorgen … Ist denn dieses Leben nicht das eigentliche, und gibt es eine andere Welt? Tiens, ich sehe sie nicht, aber wenn Sie es sagen …

Jedenfalls ist das ein Bauernhof, und vielleicht darf ich hier übernachten. Aber seien Sie überzeugt davon, mein Herr, daß dies hier nicht die Welt ist. Das Paradies ist nebenan. Ich habe einen Blick hineingeworfen.

Ich durfte dort übernachten, auf dem Heuboden. Den Paß abgeben, Zündhölzer abgeben; und der Hund kläffte und jaulte an seiner Kette; und die Leute blickten mich spöttisch und mißtrauisch an. Aber ich durfte dort übernachten, weil es wieder Abend geworden war und noch weit bis zum nächsten Dorf.

Das Heu war warm, und es kitzelte; ich verkroch mich darunter in eine Ecke, weil um einen Bauernhof viele Geräusche sind, die ich nicht kenne. Merkwürdige Geräusche, die auf einen zukommen, durch die Nacht behütet, den Wind von den hohen Bäumen her im Rücken, vielleicht breiten, wimmernden Mundes mit diesem Winde plaudernd. Aber ich wollte ihnen nicht lauschen und tastete mit den Händen nach dem Heu, um mir besser vorstellen zu können, daß es einmal grün gewesen war und lebend, daß es sich vor dem Regen geneigt hatte, wie ich.

Aber es wurde toter und toter, bis es nicht einmal mehr die Erinnerung an die Sonne festhalten konnte. Es ist tot, dachte ich. Und wäre mir nicht der Hund eingefallen, draußen, seine Kette über den Boden schleifend, so hätte ich aufgeschrien vor Angst, weil ich unter Toten lag, unter Leichen, die mich wie Erde bedeckten; ich sprang auf und schüttelte das Heu von mir ab wie eine Bedrohung. Aber als ich wieder stillstand und keuchte, hörte ich bloß noch die Halme raschelnd in sich zusammenfallen, zu meinen Füßen. Ich legte mich wieder hin und dachte daran, wie ich wohl nach Brüssel kommen würde und daß sie wahrscheinlich nicht dort sein würde.

Gegen Mittag des nächsten Tages war ich in Brüssel. Es regnete nun nicht; im Gegenteil, es war heiß und drückend schwül, als sei ein Gewitter im Anzuge. Mit Mühe bekam ich heraus, wo sich die Jugendherberge befand; und nachdem ich erfahren hatte, daß die Gesuchte dort nicht war, auch nicht gewesen war, mußte ich wieder den Weg aus der Stadt heraus suchen, weil ich nicht wußte, wo ich sie sonst in einer so großen Stadt hätte ausfindig machen können. Aber wohin?

Ich wählte Luxemburg. Warum auch nicht? Ich hatte überall die gleichen Aussichten.

Eine große Stadt am Wege ist für den Autostopper ein Schreck; Städte, in denen man nie zu bleiben gedenkt, wie zum Beispiel Lille oder St. Etienne, kosten Stunden – Stunden des Fragens nach der Straße, des Falschgehens und des Richtiggehens, bis man auf der anderen Seite der Stadt ist, wieder in Geborgenheit auf der großen Landstraße.

Ein Anhalter nach Wavre, ein Anhalter nach Namur. Durch Namur zu Fuß; es wird wärmer, und eine Stadt bedeutet nur noch Häuser und Hitze, das Gewicht eines Rucksacks und Müdigkeit.

Und dann wieder ein Anhalter. Reden. Aber dieser Mann erzählt etwas. Seine Frau ist ihm durchgegangen. Warum erzählt er das mir? Weil er mich nicht kennt. Er wird weiterfahren, und ich bleibe irgendwo zurück. Warum soll er sich mir nicht anvertrauen? Ich bin bloß ein Vorbeigänger, und ihm schafft es Erleichterung.

Zwanzig Kilometer vor Marche biegt er nach links ab. Es wird nun dämmerig, und es ist schön hier. Das sind Tannen, und als ich weiterwandere, steht ein Schloß da. Es steht da und spiegelt sich in seinem Weiher; und wo die Mauern das Wasser treffen, bewegen sich die Tüllsträucher eines leichten Nebels, als wollten sie mit ihrem Kinderwinken die scharfen Grenzlinien verwischen und das Schloß als Blüte bekunden, die auf der verhalten atmenden Oberfläche des Wassers treibt.

Autos kommen hier jetzt nicht mehr vorbei. Und ich glaube schon, das Schloß wird an mir vorbeischreiten und mich von hinten festhalten, wohlgefällig. Aber es schwankt ein wenig – in welchem Winde? – und segelt über das Wasser des Weihers, während es mich aus den großen Augen seiner Fenster anblickt.

Ein Auto zerbricht das Spiegelbild. Es ist ein Lastwagen; und er hält an, ohne daß ich darum gebeten hätte.

»Vous allez où?« schreit der Mann.

»Luxembourg!«

»Allez! Montez!«

Später sprechen wir nicht mehr französisch, sondern deutsch. Der Mann ist todmüde.

Am gleichen Tag, in aller Frühe, ist er aus Remich mit einer schweren Ladung Faßwein weggefahren, die er nach Antwerpen gebracht hat, um leere Fässer zurückzunehmen. Jetzt ist er auf dem Heimweg; und er ist müde, so daß ich ihm seine Zigaretten anzünde und in den Mund stecke, wie einem kleinen Kind, dem man beim Essen helfen muß. Er fragt, ob ich mit ihm reden will, weil er einzuschlafen fürchtet. Und ich rede mit ihm; aber ich muß schreien, weil er mich sonst nicht hört, wegen des Lärms der Fässer im Laderaum hinten und wegen des lauten Motordröhnens.

Ich schreie, bis meine Kehle heiser ist und rauh; und er hört zu und antwortet – über das Wetter, die Straßen und die Menschen. In Marche bleibt er stehen, und wir trinken Bier. Nach Marche kommt eine lange Baustelle; und ich sehe, wie dem Chauffeur der Schweiß über das Gesicht rinnt und durch die Kleidung herausdringt, als er den schweren Wagen über die einzige Fahrbahn aus Sand und Kies zwängt, während sich die Lichter vor uns in die Finsternis bohren und der Nacht Meter um Meter abringen. Dann halten wir wieder an, um zu trinken; und so bleibt es weiterhin. Er fährt ein Stück, und weil ihm die Augen zufallen, hält er wieder, und wir trinken in einem der kleinen Cafés an der Straße, wo er mit Menschen spricht. Sie kennen ihn, er kommt hier oft durch. Jede Woche zweimal der gleiche Kampf mit den letzten hundert Kilometern: fahren, anhalten, in eine kleine Welt von Licht und Trunk treten; und wenn andere dort sind, ein Spielchen Billard.

»Au revoir, Madame! Au revoir, Monsieur!« Und dann wieder fahren, bis die Augen matt werden und unversehens zuzufallen drohen und der Griff an dem riesigen Lenkrad sich lockert.

In Steinfort trinken wir ein Glas Remicher; als aber der Chauffeur bei der zweiten Partie Billard ist, beschließe ich, die Jugendherberge anzuläuten.

»Wer spricht?« Die Stimme ist weit weg.

»Vanderley«, sage ich.

»Wer?«

»Ist vielleicht ein Mädchen mit einem chinesischen Gesicht gekommen?«

»Wie?«

»Ein chinesisches Mädchen. Chi-ne-sisch.«

Aber ich bekomme keine weitere Antwort mehr. Also ist sie nicht dort; sonst hätte die Stimme nicht angenommen, daß ich betrunken bin oder etwas dergleichen.

Als wir wieder weiterfahren, nach Luxemburg, besinne ich mich, daß ich jetzt eigentlich nicht mehr hin müßte. Aber der Chauffeur fragt mich: »Wohin wollen Sie in Luxemburg?« Und ich antworte: »Großherzogin-Charlotte-Straße.« Die wird es ja doch wohl sicher geben; und ich wüßte nicht, wo ich anders hinverlangen sollte.

Er machte noch meinetwegen einen Umweg und setzte mich an der Ecke der Großherzogin-Charlotte-Straße ab. Dann fuhr er davon, und ich wartete, bis ich das Auto nicht mehr hörte und die Stille wieder über den Häusern zusammenschlug.

Dann begann ich langsam zurückzugehen, der Stadtmitte zu, weil dort wohl ein Wegweiser sein würde, nach Paris. Und vielleicht wäre ich dorthin gefahren, wenn ich nicht Fey getroffen hätte. Ich war schon außerhalb der Stadt, wo die Wälder beginnen, und die Nacht konnte nicht mehr lange dauern, nach dem Regen zu schließen; bei Nacht ist ja der Regen dichter als sonst.

Sie hielt mit ihrem kleinen Sportwagen vor mir an und leuchtete mir ins Gesicht. Plötzlich sagte sie: »Dans Arles, où sont les Alyscamps.« Und ich zerbrach mir nicht weiter den Kopf darüber, daß sie es wußte, auch nicht darüber, wie und warum sie es wußte. Ich nahm meinen Rucksack von den Schultern und legte ihn auf den Rücksitz, während sie den Wagen wendete. Und wir fuhren zurück, wieder durch Luxemburg, zu jenem Haus (›Das ist kein Haus‹, erklärte ich, als wir in den Zufahrtsweg einbogen. ›Und ich weiß nicht einmal, wie du heißt.‹ – ›Fey‹, sagte sie. Es war eine Ruine), auf jene Veranda, wo ich jetzt sitze, nachdem wir Blumen gepflückt haben. Und ich sehe dem Regen zu wie einem Freund. Warum hätte ich nicht hingehen und mit ihm spielen sollen?

»Ja«, rief er, »willst du mit mir spielen?« Und wir gingen miteinander fort. Und er zeigte mir, wie er das Wasser des Stadtgrabens öffnete und die Blumen schloß. Überall lief er eilends vor mir hier und stieß mit seinen kleinen Händen die Sträucher an.

»Nimm mich auf die Schultern«, rief er. »Nimm mich auf die Schultern!« Und das tat ich. Und darum war ich so naß, als Fey rief, die anderen seien da.

Fünftes Kapitel

Ich könnte eigentlich nicht sagen, warum – aber, als ich ihn sah, mußte ich an Kalk denken. Er stand vor dem Spiegel, als ich hinaufkam.

»Was tun Sie denn?« fragte ich.

»Ich spiele Narziß«, sagte er. Und seine Stimme war dürr und ohne rechten Klang, als riebe jemand zwei Kalksteine aneinander.

»Ich spiele Narziß«, wiederholte er. »Das ist spaßig. Narcisse dans les Alyscamps.« Und er lachte, als riebe sich Kalk, scharf und trocken.

»Woher wissen Sie das?« fragte ich.

Und er lachte wieder und sagte: »Ein gewisser Maventer.«

Fey und der andere Junge, der groß war und dick, saßen am Tisch. »Guten Tag, guten Tag«, sagte der andere Junge zu mir. »Sie müssen ihn aufmerksam anhören. Er hat viel mitgemacht, und er weiß viel.«

»Wer sind denn Sie?« fragte ich. »Ich kenne Sie nicht.«

»Ich bin Sargon«, antwortete er. »Aber ich komme erst nachher dran.«

Der Junge vor dem Spiegel zog die Brauen hoch und wölbte seine Augen groß hervor, daß sie wie welke, absterbende, orangerote Blüten in dem öden Weiß des Gesichts standen.

»O Narziß«, sagte er zu sich selbst, »wie häßlich du bist!« Und er hielt die Hände vor den Kopf, als wollte er ihn nicht mehr sehen; aber er schaute weiter durch die Schlitze seiner Augen.

»Diese Hände sind kalt«, murmelte er, »und wenn es drauf ankommt, tot. Sie gehören nicht zu mir.« Er drehte sich um. »Von allen Gliedmaßen hat die Hand das selbständigste Leben«, flüsterte er. »Kennst du das Gedicht von Wildgans: ›Ich weiß von deinem Körper nur die Hand …‹? Schaut her, sie lebt.« Und wir blickten nach der Hand, die er auf den Tisch gelegt hatte; aber sie lag noch dort, weiß und tot.

Er sprach wieder zu mir. »Ich bin, oder besser gesagt, mein Sonderfall ist auf viele Arten einzuordnen.« Und er ging zum Spiegel und schrieb mit dem Finger auf das Glas, als wäre es eine Schultafel. Aber es kam nichts darauf zu stehen.

»Verstanden?« frage er mich.

»Nein«, antwortete ich.

»Hast du Seife?« sagte er zu Fey. Und sie gab ihm Seife, so daß er auf den Spiegel schreiben konnte: ›Morbus sacer.‹

»Heilige Krankheit?« fragte ich.

Er nickte mir bejahend zu und spitzte die Lippen und erklärte: »Eine gefährliche Heiligkeit. Heilige sind für ihre Umgebung gefährlich; und als Reverenz vor der Heiligkeit haben die Menschen des Mittelalters dann einmal umgekehrt eine Gefahr heilig genannt, morbus sacer, epilepsia.«

Er schrieb es auf: ›He epilepsia‹, und darunter dreimal das gleiche Wort: ›Aura, Aura, Aura.‹

Neben jedes dieser Worte zeichnete er etwas: ein Auge, ein Ohr, eine Nase.

»Wähle eines!« verlangte er von mir.

Aber ich stand da, ohne etwas zu begreifen.

»Du sollst nicht dastehen«, rief er. »Du sollst eines wählen.« Doch ich sah, daß er nicht wirklich böse und daß er bloß dem Weinen nahe war. Und deshalb zeigte ich mit dem Finger auf die ›Aura‹, bei der ein Auge gezeichnet war.

»Woher weißt du das?« fragte er und lief hinaus. Aber der Junge, der Sargon hieß, ging ihm nach und rief: »Heinz, komm zurück! Komm doch, Heinz! Es ist ja nur ein Zufall.«

Fey stand auf und trat neben mich hin. Sie schlang ihren Arm leicht um mich.

»Verrückt sind sie«, sagte Fey und goß Wasser in einen Eimer, um den Spiegel wieder abzuwischen. »Und ich habe es jetzt schon zweimal gehört und kann es dir also erklären. Das« – und sie zeigte auf ›He epilepsia‹ – »das hat er, und fertig. Der Beginn eines Anfalls heißt Aura, sagt er. Diese Aura dauert nur ganz kurze Zeit, eine Sekunde oder so. Manche Leute hören dabei ein Rauschen oder Pfeifen« – und sie zeigte auf das Ohr – »andere, wie er, sehen Flammen oder Sterne. Das ist alles.«

»Das ist nicht alles«, meldete sich der Junge, von dem ich jetzt wußte, daß er Heinz hieß. »Das ist lange nicht alles. Schließlich ist das erst der Anfang. Ich habe es nachgelesen, um genau zu wissen, was sich abspielt, nachher.«

»Schweig!« unterbrach ihn Fey. Aber er fuhr fort:

»Und dann falle ich hin oder, besser gesagt, für meine Person, ich sacke zusammen – das weiß ich; man hat mir nämlich ...«

»Halt den Mund!« rief Fey.

»... Und dann krieg ich einen Krampf, einen tonischen – ein schönes Wort!« Und er lachte und wiederholte: »Einen tonischen.«

Fey schlug ihm ins Gesicht. Aber er kreischte vor Lachen, wiegte sich auf seinem Sessel hin und her und sagte mit schriller Stimme: »Und dann den klonischen, da zucke ich. Du brauchst mich nicht mehr zu schlagen«, sagte er zu Fey. »Es ist schon zu Ende. So steht es zumindest im Buch: Tiefer, tiefer Schlaf.«

Fey zuckte die Achseln und widmete sich wieder der Spiegelreinigung.

»Gut blank machen!« spottete er. »Gut blank machen! Sonst kann ich Narziß nicht mehr sehen. Und Narziß und ich haben schon so viel miteinander durchgemacht.«

Er fuhr sich mit den Händen über die Arme, er strich darüber, als wollte er sich erwärmen; aber es war kaltes, weißes Fleisch.

»Seinerzeit«, wandte er sich an mich, »wollte ich ins Kloster. Ach weh!« Er ging in die entfernteste Ecke und sagte: »Ich werde es von hier aus erzählen. Ich möchte dabei weit weg von euch sitzen, weil das vor langer Zeit geschehen ist, wo ich noch nicht zu euch gehörte.« Er schwenkte die Hände vor dem Mund, als wollte er seine Worte beschwören.

»Jene andere Welt«, erzählte er, »war viel glücklicher. Ich bin klein gewesen, und wir waren Katholiken. Auch nachdem mein Vater von Bayern nach Hamburg versetzt worden war, beteten wir noch immer abends vor dem Schlafengehen den Rosenkranz und bei jeder Mahlzeit den ›Engel des Herrn‹. Vor der Marienfigur sind fast immer Blumen gewesen, und bei der Statue des Allerheiligsten Herzens hat stets ein kleines rotes Teeflämmchen gebrannt. Die Herz-Jesu-Statue prangte vor Billigkeit; meine Mutter hat sie einmal, nachdem die frühere zerbrochen war, für drei Mark vom Trödler mitgebracht, und der Vater hat selbst die Stellen, wo die Farbe abgeschuppt war, mit bunter Kreide ausgebessert. Kurz, wir waren, wie es so schön heißt, eine glückliche Familie.

Dann kam ich zu den Karmelitern ins Konvikt. Ach« – und er rückte mit seinem Stuhl, daß wir aufschraken – »vielleicht hatten wir alle eine Zeit, die wir die glücklichste unseres Lebens nennen. Wahrscheinlich traf es gar nicht zu, und wir waren damals genauso unglücklich, wie wir zu der Zeit sind, da wir es behaupten; aber es ist nun einmal so, daß wir das Glück lieber hinter als vor uns haben: das macht alles um so viel leichter. Mein Glück liegt also in einem abgelegenen Dorf. Es ist ein kleines Dorf, und die Menschen waren freundlich. Am Rande der Ortschaft steht ein Kloster und ihm gegenüber, an der anderen Straßenseite, die Schule.

Nur suchen! Dann finden sie sich, meine Erinnerungen. In der Früh um ein Viertel vor sechs die Klosterglocken, mit nüchternem, eintönigem Klang. Ich erwachte dann und sah, wie die anderen noch schliefen und weit fort waren und vielleicht glücklich, denn manche lachten und sprachen im Schlaf.

Um fünf vor sechs ging der Wecker in der Zelle des Aufsichtsmönchs, die so gebaut war, daß er über beide Schlafsäle Ausblick hatte. Um Viertel nach sechs trat er in unseren Schlafsaal, mit seiner Schelle; und ich kann diese Schelle noch hören, nach so langer Zeit.

Klingkling, klingklingkling. Und er stand an seiner Tür und sagte: ›Benedicamos domino!‹, und wir erwiderten: ›Deo gratias!‹; dann schritt er die Betten entlang und streifte bei den Knaben, die noch schliefen oder so taten, die Decken ab. Alle diese Geräusche! Nach dem Schellen und dem Aufstehen ging der Mönch längs der Waschbecken und zog an langen Schnüren die Oberlichter zu.

Von uns weg begab er sich in den Schlafsaal der Kleinen, wo auch wir zuerst gelegen hatten, ehe wir in die ›Grammatik‹ oder die ›Rhetorik‹ kamen. Und von weitem hörte ich wieder die Schelle und das Zuschlagen der Fenster, klapp, klappklapp.

Aber da stand ich schon lange beim Waschbecken. Ich hatte nämlich eine Verabredung mit mir selbst. Es gab Jungen, die immer zuerst an den Waschschüsseln waren und dann noch ein bißchen ins Bett lesen gingen. Ich aber war in fünf Minuten mit Waschen und Anziehen fertig und spähte dann, ob der Aufsichtsmönch uns nicht beobachtete.

Meist schritt er brevierlesend im Saale auf und ab, so daß ich, sobald er mir den Rücken kehrte, rasch aus dem Saal schlüpfte. Unser Schlafsaal war unter dem Dach, und ich mußte, um in den Garten zu kommen, viele Treppen hinunterlaufen, immer auf der Hut, daß mich niemand erwischte; denn es war verboten, vor der Messe in die Gärten zu gehen. Eigentlich waren es keine Gärten, es waren zwei Felder: das ›Große Feld‹ und das ›Kleine Feld‹.«

Er hielt inne, stand auf und machte einige Schritte. An dem vernagelten Fenster blieb er stehen und kratzte mit den Fingernägeln darauf, ein niederträchtiges Geräusch.

»Das Große Feld«, flüsterte er. Und er drehte sich um, und seine Augen blinkten wie eine orangefarbene Verkehrsampel: ›Gefahr, Gefahr, Gefahr!‹ »Das Große Feld, das Kleine Feld – was bekümmert euch das? Warum hört ihr eigentlich zu? Kann euch etwas daran liegen, daß ich mich an der Mauer hinschleichen mußte, von den Fahrrädergestellen bis auf den Spielplatz, um vor allem zu schauen, ob nicht ein Pater dort sein Brevier las?«

Er kehrte wieder zu seinem Sessel zurück.

»Ich habe einmal eine Theosophen-Zeitschrift durchgeblättert, ohne etwas darin zu verstehen. Jedes Handwerk hat seine eigene Sprache, jede Sekte, jede Gesellschaftsschicht; und auch wir hatten unsere Sondersprache, aber sie bestand aus gewöhnlichen Worten. Der Baum! Vom Großen Feld nach links auf den Fußweg, der um das Kleine Feld herumführte, und der dritte Baum war dann ›Der Baum‹.«

»Grabt nur dort«, sagte er wieder zu uns, »dann findet ihr sie wahrscheinlich: verrostete Zigarettenschachteln, mit Meßformularen. Die Meßgebete bestehen aus unveränderlichen Teilen, die jeden Tag gleich sind, und solchen, die zu einem bestimmten Tag des Kirchenjahres gehören oder einer bestimmten Intention dienen.

Ich war nun Mitglied der ›Meßkommission‹, deren Aufgabe darin bestand, nach dem Muster wirklicher Gebete für die mehr weltlichen Intentionen der Mitzöglinge besondere Gebete in lateinischer Sprache zu verfassen. Ich habe davon eine ganze Menge gemacht, ›Zur Erweckung der Liebe der NN, gesehen auf der Straße am ..., für X‹ oder ›Um eine Wiederholungsprüfung abzuwenden‹. ›Oremus. Amorem magnam, quaesumus, Appollone, menti puellae ... infunde‹ und so weiter.

Apollo – wir hatten nämlich untereinander vereinbart, daß diese Gebete ausschließlich an die altgriechischen Götter gerichtet werden sollten, weil manche Zöglinge befürchteten, es könnte sonst eine Gotteslästerung sein. Das Gebet, das mit Naschwerk oder Wurst bezahlt wurde, mußte als Amulett auf der Brust getragen werden; und wenn die Gunst gewährt war, wurde es feierlich in einer blechernen Zigarettenschachtel begraben, unter ›dem‹ Baum, mit den nur sehr wenigen Eingeweihten als Zeugen.

Es war also eine Zeit, zu der ich glücklich war, weil ich mit ein paar anderen Jungen bei einem Baum stehen und eine Blechschachtel mit einem Papierchen darin begraben konnte. Glücklich, weil wir dann aus einer Flasche pures Wasser tranken, nachdem wir ein wenig davon auf den Boden gesprengt hatten, als schuldiges Trankopfer für die Götter.«

Er lachte. »Wenn ihr jetzt nicht da wäret, wenn ihr jetzt wegginget, könnte ich mit leiser Stimme weitererzählen, als wenn nicht ich spräche, sondern jemand anderer zu mir. Jemand, der mir sagen würde: ›Weißt du noch, wie naß alles in der Frühe war, im Garten? Die Sonne ist in jedem Augenblick neu geboren worden, in den Tropfen an dem Gras und auf den Blumen, so daß es schien, als fingen kleine, neue Sonnen an, im Grün zu erblühen, bis die Gärten schließlich vor Entzücken den Atem anhielten. Und manchmal regnete es; und dann hast du dich unter einem Baum untergestellt, damit man dich nicht mit regennassen Kleidern in die Kapelle kommen sieht. Und du bist dort unter dem Baum gestanden und hast dem Regen zugesehen und hast gesungen, weil es regnete. Du hast ja den Regen geliebt, nicht wahr?«

Er unterbrach sich und wartete, bis er wieder mit seiner gewöhnlichen Stimme sprechen konnte; denn er schien Angst davor zu haben, mit einer Erinnerung glücklich zu sein. Aber, was er erzählte, überwältigte ihn stets von neuem; immer wieder erhob sich seine Stimme aus ihrer staubigen Dürre; und manchmal wurde er jung und wie von Rührung bewegt, und seine Augen glänzten – bis er wieder uns sah und an sich selber gemahnt wurde.

»Das wißt ihr«, sagte er dann, »das wißt ihr also jetzt auch: das Große Feld, das Kleine Feld, die Meßformulare, der Baum.

Ich konnte bloß zehn Minuten im Garten bleiben, bis es zur Messe läutete; denn das war für mich das Zeichen, rasch in den Schlafsaal zurückzukehren und mich unter die schweigenden Jungen einzureihen, die – jede Abteilung mit einem eigenen Aufsichtsmönch in ihrer Mitte – aus verschiedenen Schlafsälen zur Kapelle kamen, die vor Häßlichkeit prangte, wie die Statuen bei uns zu Hause. Glasfenster und Kreuzweg waren nichtssagend, die Meßgewänder armselig – außer an Festtagen wie Fronleichnam oder Christi Himmelfahrt.

An solchen Festen aber belebten sich die kahlen, feuchten

Mauern hinter dem Altar plötzlich mit Palmen und Blumen; und durch Weihrauchwolken, die mit vielfarbigen Sonnenstreifen geschmückt waren, bewegten sich unter Verneigungen, Gebeten und Gesängen die Priester in ihren schweren, goldbrokatenen Ornaten, wie in einem geheimnisvollen Bühnenspiel – mehr war es für mich nicht –, untermalt von den bald wehmütigen, bald frohlockenden Gregorianischen Chorälen.«

Wir warteten, wie er nun diese Erinnerung abbrechen würde; und er sagte:

»Vielleicht habe ich das damals gar nicht schön gefunden. Vielleicht dachte ich, der Zelebrant könne nicht singen, oder die Blumen seien schon verwelkt, oder die Luft sei stickig von dem billigen Weihrauch. Vielleicht war ich nicht einmal gern im Konvikt, wo die Zöglinge um ein Viertel nach sechs aufstehen und in langen Reihen in die Kapelle ziehen, dort fast eine Stunde lang mit bloßen Knien auf harten Holzbänken knien und dann in der gleichen langen Reihe, noch immer schweigend, in den Studiersaal gehen mußten. Im Winter war es kalt, wenn wir dort zum Morgenunterricht eintraten.«

Er rieb sich die Hände, als spürte er die Kälte, und blieb dann sitzen, die Hände zwischen Rücken und Stuhllehne geschoben.

»Jetzt weiß ich, weshalb ich damals glücklich gewesen sein muß, besonders im Winter, wenn die Bänke morgens kalt waren und wir so viel Kleidungsstücke wie möglich anlegten, um uns in der feuchten Frostigkeit des Gebäudes warmzuhalten. ›Wir‹ – und deshalb war ich glücklich: weil ich dazugehörte. Jetzt gehöre ich nicht mehr dazu, ich gehöre nirgends mehr dazu. Nicht zu den anderen Menschen, denen kalt ist; denn ihnen ist allen auf verschiedene Art kalt, in ihren eigenen Wohnungen.«

Er ging zum Spiegel und gab ihm einen kleinen Stoß, so daß er hin und her zu schwanken begann, hin und her.

»O Narziß«, sagte er, »drücke nur auf einen Knopf – es sind ihrer so viele. Einer für den ›Großen Ausflug‹, am

Rektorstag oder an einem der hohen Kirchenfeste. In den unteren Klassen spielten wir beim Großen Ausflug ›Räuber und Gendarm‹, im Walde; in den oberen entschieden wir über das Schicksal der Welt.

Ein anderer Knopf: die Pflichterholung auf dem Großen Feld, an Sommerabenden. Wir arbeiteten in unseren Gärtchen oder spielten Federball; und manchmal lasen wir auf den Bänken unter den Pappeln oder marschierten über die Breite des Weges, sechs Schritte vorwärts, sechs Schritte rückwärts. Nie habe ich später mehr jemanden rückwärts schreiten sehen. Dann kam der Krieg. Narziß wollte nicht zum Militär. Und sogar das Militär wollte Narziß nicht.

›Nein, Narziß‹, sagten sie. ›Sie sind krank. Das Reich verzichtet auch auf Ausschuß nicht; aber Sie sind krank, für Sie sehen wir schwarz. Morbus sacer. Amen!‹«

»Schwarz!« sagte er zu dem Spiegel, der noch immer leise schwankte. »Schwarz! Ach weh!«

»Man hat viel über den Krieg geredet. Sogar jetzt noch gibt es Menschen, die sich bemüßigt fühlen, Bücher darüber zu schreiben. Über die Bombenangriffe: die habe ich mitgemacht. Über Feuersbrünste: habe ich gesehen. Über tote Väter und Mütter, nicht einfach tot, nein, wirklich zermalmt, in Stücke gerissen: die hatte ich auch. Über verwilderte Jugend, verwahrloste Kinder: so war ich auch, später. Über die Banden, zwischen den Schutthaufen: zu denen gehörte ich. Aber was will man? Für mich kam es darauf an, einen großen Sprung zurückzumachen und anderen Erinnerungen die Oberhand zu verschaffen. Aber was will man? Ich tat meinen Riesenschritt, über das ganze bis zum letzten Lebenshauch ausgebrannte und verwüstete Hamburg hin, bis ich wieder durch Korridore ging, wenn eine Glocke läutete, bis ich wieder im Chore sang, wenn eine Glocke läutete.

Natürlich bin ich kausal zu erklären, einigermaßen jedenfalls. ›Sensus clericus‹ zum Beispiel, eine höfliche Umschreibung. Ich bin also hingegangen und habe meine Reise mit gestohlenem Geld bezahlt. Könnt ihr euch das vorstellen?«

Er nahm den Spiegel auf den Schoß und blickte hinein.

»Jetzt lache ich«, sagte er. »Jetzt lache ich.« Und er strich sich mit den Fingern über das Gesicht. »Jetzt ist das verschwunden«, lachte er. »Die Furchen sind weg.

Oh, ich bin noch nicht schön, aber ich strahle; meine Augen sind noch häßlich, aber sie leuchten jetzt. Denn nun bin ich unterwegs zu meiner Jugend hin, schon fern von der Stadt, in die mich der Zug aus Hamburg brachte. Es geht gegen Abend, und morgen ist Weihnachten; und ich strahle in den Glasscheiben. Draußen ist es einsam; und hinter der Einsamkeit ein Dorf, wo ich aussteigen muß. Nach dem Dorf ist es wieder einsam.

Es hat geschneit, und die Stille flüstert unter meinen Füßen.

Niemand kann es mir bestreiten: Schnee gehörte dazu; und es gehörte sich, daß er unter meinen Schuhen leise knirschte. Es gehörte ein Mond dazu; und der war vor mir an den Himmel gehängt, weil ich in meine Jugend zurückkehrte. Sogar die Glocken des Trappistenklosters gehörten dazu; und sie läuteten nicht zum Komplet, sondern für mich. Noch weit weg lag das Kloster, geborgen und für mich unsichtbar in der Umarmung der Nacht, die mit dem Rücken zu mir dalag. Und irgendwo in dem Gebäude stand ein Mönch und zog an einem Seil; und er wußte nicht, daß er es für mich tat.

Daß ich nicht aus den gleichen Beweggründen ins Kloster ging, die sonst Männer zum Eintritt bewegen, daran läßt sich nichts ändern. Die andern liebten Gott – das weiß ich bestimmt, weil ich es gesehen habe; aber ehrlich gesagt, ehrlich gesagt – ich kannte dieses Wesen nicht. Die anderen waren im Kloster, um die Bekehrung der Welt zu erbeten und um Gott für die Sünden der Menschen Genugtuung zu geben; aber ich war der Meinung, das hülfe ja doch nichts und die Welt würde ruhig weitersündigen und sich nicht bekehren.

Vom Standpunkt der Mönche aus wäre ich, wenn sie das gewußt hätten, ein Betrüger gewesen, ein Gotteslästerer; vom Standpunkt der Welt aus war ich ganz einfach ein Idiot.

Es war ein hartes Leben, zugegeben. Nachts um zwei Uhr

aufzustehen, um zu meditieren und Matutine und Laudes zu singen! Aber ich war glücklich; denn ich schritt in einer langen, weißen Reihe, und wir schwiegen und fasteten und sangen und arbeiteten auf den Feldern, und ich gehörte dazu.

Auch ich hatte den Kopf kahlgeschoren und trug einen weißen Kapuzenmantel mit Ärmeln bis zum Boden. Und wenn ich nicht in mein Brevier zu schauen brauchte, weil es ein bekannter Psalm war, der jeden Tag gesungen wurde, sah ich von meinem hohen Chorstuhl aus mich selber stehen, mir gegenüber, und antworten, wenn ich meinen Vers gesungen hatte. Den ganzen Tag war ich von mir selbst umgeben; mich selbst sah ich während der Stundengebete, in den Korridoren, im Refektorium. Ich war wie ein Schauspieler in einer ständigen Rolle, die niemand mir mehr abnehmen konnte.

Drei Monate war ich dort, als ich meinen ersten Anfall bekam – noch gute sechs Jahre vor meiner Priesterweihe. Aber es kam zu keiner Priesterweihe.

›O Narziß‹, sagten sie, ›du bist krank. Und es ist unmöglich, Priester zu weihen, die nicht gesund sind. Gott hat dich also sichtlich für die Welt vorbestimmt. Leb wohl, Narziß, leb wohl, leb wohl!‹«

Er warf eine Zündholzschachtel zur Zimmerdecke und rief: »Ach, du dort oben, wenn es dich gibt, hättest du es denn nicht geschehen lassen können, um meiner Beharrlichkeit willen? ... Noch in zwei Klöstern bin ich gewesen, nachher – kleine Klöster, abgelegen –, bis es mir nicht mehr glückte, weil die Nachkriegsverhältnisse sich gefestigt hatten und ich nicht mehr aus dem Verwaltungsdurcheinander Nutzen ziehen konnte. Ich war bekannt, man hatte darüber geschrieben. Schluß.«

Er kam auf mich zu; und mehr als je mußte ich an Kalk denken und an alles, was dürr ist und unfruchtbar.

»Jetzt weißt du, wer ich bin«, sagte er, »nicht aber auch, warum ich hier bin, und nicht, was ich mit diesem Mädchen zu schaffen habe. Vielleicht jedoch, wenn du meine Geschichte verstanden hast, weißt du, warum ich durch Europa gondle. Denk bloß daran, daß ich auch in Arles durchgekommen bin, où sont les Alyscamps ... Übrigens, dort hockt noch eine Geschichte«, kündete er mit veränderter Stimme und zeigte auf den Jungen, der sich Sargon genannt hatte.

»Nein«, wehrte ich ab, »ich will sie nicht hören. Ich mag nichts mehr hören.« Und ich ging zu der Matratze, wo ich diese Nacht geschlafen hatte.

»Du mußt zuhören«, ertönte Sargons Stimme hinter dem Vorhang. »Du brauchst mich nicht zu sehen, aber du mußt mich anhören.«

»Nein«, sträubte ich mich. Doch er begann und sagte:

»Es ist vielleicht eine Enttäuschung, daß ich eigentlich John heiße und nicht Sargon. Aber ich habe mich Sargon genannt, nach dem bekannten assyrischen König Sargon II., der 722 vor Christus Samaria erobert hat. Übrigens tat ich es nicht deshalb, weil er Samaria eroberte. Denn erstens ist das nach ein paar tausend Jahren von sehr relativer Bedeutung. Und außerdem: ebensogut, wie der erste Tiglatpileser um 1100 die Nachbarreiche unterwarf und wie der dritte nachher Babylon eroberte, so gut wie mein Sargon Syrien besetzte und Assurbanipal sogar Ägypten, ebenso sicher machte Psammetich Äypten wieder frei, eroberten die Chaldäer Babylonien und verwüstete der Meder Kyaxares 614 Assur und zwei Jahre später Ninive so gründlich, daß unser lieber Xenophon überhaupt nicht mehr von Assyrien reden hörte. Nein, nicht deshalb habe ich es getan, sondern einfach darum, weil ich den Namen so köstlich fand... Hörst du zu?« fragte er. »Hörst du zu?«

»Ja«, sagte ich. »Ich höre zu.«

»Es handelt sich um den Rundfunksprecher, um die Stimme des Rundfunksprechers. Damit hat sie angefangen, meine Geschichte; nur weiß ich nicht mehr genau, wann ich entdeckt hatte, daß ich für diese Stimme lebte.

Findest du es merkwürdig«, fragte er auf der anderen Seite des Vorhanges, der hin und her ging, weil ihn Sargon gestreift hatte, »daß jemand für die Stimme des Nachrichtensprechers lebt? Vielleicht war es wirklich merkwürdig. Vielleicht fand das auch ich, als jemand mich zum erstenmal fragte, warum ich die Achtuhrnachrichten aufdrehte, nachdem ich die Sechsuhr- und Siebenuhrnachrichten schon gehört hatte.

›Das tue ich immer‹, habe ich damals gesagt. Doch ich nahm mir vor, am nächsten Tag nur einmal die Abendnachrichten zu hören. Und ich war fest dazu entschlossen. Als es aber sieben Uhr zu Ende geschlagen hatte, ging ich einfach zum Radio und drehte es auf. Warum soll ich nicht hören, dachte ich, wenn ich es gern tue? Und was ich vorher, weiß Gott wie lange, unbewußt getan hatte, machte ich jetzt bewußt. Morgens stand ich früh auf, um die ersten Nachrichten zu bekommen; und oft kam ich zu spät ins Büro, weil ich noch einen Teil der Achtuhrnachrichten hatte hören wollen. Die Betriebsleitung drohte mit Entlassung. Aber das schreckte mich nicht; ich wollte entlassen werden, weil mein Büro in der City war und ich während der Mittagspause nicht nach Hause konnte, so daß ich immer die Einuhrnachrichten versäumte.«

Er verstummte, und ich sah ihn durch einen Vorhangspalt. Seine Brauen flockten sich in fettigblonden Büscheln unter der staubgrauen Stirn und bildeten zusammen mit den unteren Augenlidern, die über den aufgedunsenen Wangen violett absackten, einen Schutzring um die sich verkriechenden grauen, schwachen Augen.

Schlaff und verquollen begann der Mund aufs neue zu sprechen, als ich fragte: »Ist es aus?«

»Nein«, sagte Sargon. »Aber ich glaube, du begreifst es nicht. Ein anderer kann es, denke ich, gar nicht begreifen: ich war froh, als ich entlassen wurde, als ich frei war, um einen Ritus aufzubauen rund um meine Mythe, die Stimme.

Sparen für einen prächtigen Sessel! Einmal gekauft, steht er unmittelbar vor dem Radio. Beim Nachrichtenhören wird das Licht abgedreht; eine Kerze gestaltet es schöner. Oh, war ich nicht glücklich?

Die Stimme schritt über mich hinweg und stand hinter mir,

bei mir, neben mir. ›Ich grüße dich‹, sagt die Stimme, ›ich grüße dich‹; und sie faßt mich und nimmt mich mit sich und streichelt mich und erfüllt das Zimmer und das Halbdunkel, bis ich die Worte nicht mehr höre und auf ihnen dahintreibe, auf dem Klang, wie in einem Boot, ohne Zweck und Ziel. Und es ist mein Zimmer, mir zugehörig, in dem die Stimme sich nach allen Richtungen ausbreitet, wie ein Duft.

Heute weiß ich, daß ich wahrscheinlich dem Verrücktwerden nahe war. Aber damals? Ja, nachts träumte ich von der Stimme; aber es waren keine angenehmen Träume.

Ich sah mich selbst in einer Kammer schlafen, deren weißer, strahlender Mittelpunkt ich war. Rings um mich wogte ein bläuliches, atmendes Licht. Weil der Traum immer gleich war, wußte ich, daß dieses Licht in einem bestimmten Augenblick stillstehen und erstarren, zu atmen aufhören und dann auf dem Boden zu scharfem, blauschwarzem Staub zerfallen würde. Glänzendweiß und unantastbar blieb ich noch der Mittelpunkt des Raumes, bis der Staub betreten wurde. Denn obwohl nichts zu sehen war, verschob der Mittelpunkt sich dann mit einem Schlage von mir nach der Stelle, wo der Staub betreten wurde. Das begann rechts hinten in dem Raum und bewegte sich langsam auf mich zu. Und ohne daß ich dafür den geringsten erweislichen Grund habe oder, besser gesagt, hatte, vermutete ich von dem Augenblick an, da das Geräusch vernehmbar wurde, daß die Stimme in meinem Zimmer war. Zugleich begann sich rings um meinen Hals eine Kette aus scharfen länglichen Steinen abzuzeichnen. Diese Steine waren schwarz – wenigstens anfangs, denn allmählich wich die Farbe aus den Steinen und begann sich mit dem Weiß meines Gesichtes zu mischen. Dann kam es zur unwiderruflichen Trennung: unterhalb der Kette blieb mein Körper bewegungslos und glänzendweiß; darüber aber lebte das Gesicht als abscheuliche graue Maske, eine embryonale Erde, die bebte und zuckte und dann langsam aufbrach.

Ich beugte mich vor und blickte in eine lange Straße mit hohen Häusern, die aus Steinen von bezauberndem, zartem

Grün erbaut waren. Aber nie, nie konnte ich in diese Straße gelangen. Jedesmal wenn ich es versuchte, erhob sich eine feindselige Hürde, ein Wall aus dem bläulichen Staub, der mich ätzte und verwundete. Drang ich trotzdem weiter vor, so türmte der Staub sich höher und gehässiger auf, so daß es unmöglich wurde, die Straße auch nur zu sehen.

Es war, glaube ich, nicht so, daß ich aus dem Traum unmittelbar erwachte; ich vermute eher, daß mein Traum allmählich schwand. Tagsüber hatte ich nicht die geringsten Unzuträglichkeiten; denn dann gab es wieder die Stimme des Nachrichtensprechers und die Vorbereitungen zum Hören.

Bis jene Nacht kam. Der Traum verlief wie jedesmal. Ich war da, glänzend, anscheinend unantastbar; das Licht atmete und erstarrte wie früher; der Staub entstand und wurde betreten. Alles folgerichtig. Die Kette legte sich mir um den Hals; und wieder wurde mein Gesicht abscheulich verfärbt und entstellt, wonach es aufbrach. Und durch die ekle Wunde hindurch zeigte sich mir die Straße, bezaubernd wie jedesmal. Und wie jedesmal trachtete ich, in die Straße zu gelangen; das heißt, eigentlich war dieser Anlauf zu einer rituellen Geste entartet. Denn in Wirklichkeit versuchte ich es schon lange nicht mehr, aus Angst vor der Schärfe des Staubes, der mich beim ersten Schritt zurückjagen würde, voll Gehässigkeit. Doch diesmal erhob sich kein Staub; und ich konnte die Straße betreten, und ich hatte Angst.

Wenn man etwas, um das man sich lange bemüht hat, erreicht, hat man zunächst Angst. Bis auf die grüne Farbe der Häuser war es die gewöhnliche Welt; und doch lag darüber etwas von einer unnennbaren Zartheit, die meine Beklemmung allmählich wegwischte und an deren Stelle freudiges Entzücken treten ließ. Ich begann zu singen; ich kaufte Blumen, irgendwo. Und plötzlich begriff ich, daß dies keine besondere Stadt war. Es ist das Aussehen der Dinge, wenn man glücklich ist, dachte ich; die Welt ist immer so. Wir färben sie mit unseren eigenen Farben der Angst oder des Mißgeschicks – aber eigentlich ist die Welt immer so. Deshalb« – und seine Stimme zögerte hinter dem Vorhang – »deshalb ist es auch so schwer, diese Welt zu beschreiben, weil man sich selbst beschreiben müßte; denn die Welt nimmt unsere Farben an.«

»Ich fragte mich«, sprach Sargon weiter, »warum ich gerade in dieser Welt glücklich sein sollte. Die Häuser waren schmal und hoch; und einige trugen Kisten mit Ringelblumen und Geranien auf den Fensterbrettern – aber das ist in allen Städten so.

Allmählich wurden die Straßen schmäler und die Häuser niedriger und älter. Und dort fand ich den Paradiesvogel. ›Guten Tag, Janet‹, sagte ich.

Aber Janet blickte mich starr an mit ihren toten Glasperlen. Kinder spielten auf dieser Straße, und ein Mann musizierte für Geld – wohlgemerkt, auch das ist in allen Städten so.

›Wie lange stehst du jetzt schon in diesem Schaufenster?‹ fragte ich. ›Du bist zwar ein bißchen staubiger geworden; aber es ist auch schon lange her, seit Mary-Jane und ich uns hier, vor diesem Geschäft, mit dir und den anderen ausgestopften Tieren des Mr. Lace als Zeugen, feierlich Treue schwuren, bis in den Tod. Ach, Janet, blick nicht so tot drein! Schließlich bist du unsere Freundin, das Siegel auf unseren Pakten, geduldige Zuhörerin unserer abendlichen Selbstgespräche. Bei dir haben ja Mary-Jane und ich uns kennengelernt, als wir mit plattgedrückten Nasen vor der Scheibe standen und zusahen, wie Mr. Lace dich ins Schaufenster stellte.‹

›Das ist gemein!‹ hat damals Mary-Jane gesagt.

›Ja‹, habe ich geantwortet.

›Sollen wir den Vogel kaufen?‹

Und wir beschlossen, dich zu kaufen, und gingen hinein. Ich entsinne mich der trockenen, entseelten Luft, des Gicksens der Ladenglocke und dann der raschen, kleinen Schritte des Mr. Lace. Aber wir könnten dich nicht erstehen, sagte der in Runzeln und Falten gebettete Mund; du wärest sehr selten und darum sehr teuer. Und wir hatten zusammen nur sieben Shilling.

Damals gründeten wir einen Verein, Mary-Jane und ich. Den B. B. J., Bund zur Befreiung Janets.

›Ich habe die Kasse noch‹, sagte jetzt Mary-Jane hinter mir.

›Dreiundzwanzig Shilling sechs Pence?‹ fragte ich; und sie nickte bejahend.

›Du bist schön geworden‹, erklärte ich; ich konnte es ja in der Scheibe genau sehen. ›Und dieses Kleid ist auch schön.‹ Ich wandte mich um und küßte sie auf die Stirn.

Sie lachte. ›Dieses Kleid habe ich aus dem Stoff von alten Lampenschirmen gemacht.‹

›Es ist schön‹, wiederholte ich. Und dann gab ich ihr die Hand, und die Blumen, die ich gekauft hatte. ›Guten Tag, Janet‹, haben wir gesagt. ›Jetzt holen wir dich.‹

Daß die Glocke noch immer gicksen würde, dachte ich mir; und die entseelte, trockene Luft wohnte drinnen wie einst.

›Nein‹, sagte Mr. Lace, ›diesen Vogel kann ich nicht verkaufen; den hebe ich für zwei Kinder aus der hiesigen Gegend auf, die für ihn sparen.‹

›Das sind wir, Mr. Lace‹, flüsterte Mary-Jane. ›Wir sind groß geworden.‹

›Ah so‹, sagte er, ›ah so.‹ Und behutsam nahm er Janet aus dem Schaufenster und begann, sie mit seinen kleinen Händen aus verwittertem Marmor zu entstauben. Dann legte er seine Hände wie eine überflüssige viktorianische Verzierung um den Rumpf des Vogels.

›Ihr müßt vorsichtig mit ihm umgehen.‹ Seine Stimme überschlug sich, mit einem seltsam weinerlichen Ton, der gegen das staubige Schweigen der Tiere prallte. ›Geh nur jetzt mit ihnen!‹ sagte er zu dem Vogel und zog seine Hände mit einem Ruck zurück, als hätten sie an dem Rumpf festgeklebt.

›Wie spät ist es?‹ fragte ich Mary-Jane.

›Es ist Abend.‹ Und wir schlenderten nach dem kleinen Park, und ich trug den Paradiesvogel Janet auf meinem linken Arm.

›Warum bist du nie wiedergekommen?‹ fragte Mary-Jane. ›Warum hast du nie geschrieben?‹

›Nicht fragen!‹ erwiderte ich. ›Nichts fragen!‹

›Pastor Thubbs ist heute gestorben‹, erzählte sie. Und weil ich nichts antwortete, dachte sie vielleicht, es mache mir keinen Eindruck, und sie fuhr fort: ›Der war doch früher Hilfsprediger. Weißt du denn nicht, daß du auch die Gottesdienste in anderen Stadtbezirken besucht hast, wenn du erfuhrst, daß er dort zum Predigen an der Reihe war? Ich bin so eifersüchtig auf ihn gewesen, weil ich glaubte, du hättest ihn lieber als mich. Denn wenn er sprach, hast du – von den Mädchenbänken aus sah ich dich sitzen – nie mich angeschaut; es schien sogar, als gehörtest du nicht mehr zu den anderen Jungen und säßest wie ein Fremder in ihrer Mitte, wie jemand, mit dem etwas Besonderes vor sich geht.‹

›Ist er tot?‹ fragte ich. Sie nickte bejahend.

Und damit war mein Traum zu Ende. Ich sah sie verschwimmen und sich verflüchtigen; noch einmal belebten sich alabasterfarben, über dem zarten verschossenen Orangerot des Kleides, die Kurven und zierlichen Linien ihres Gesichtes. Dann schwand sie mir aus den Augen wie eine kleine, armselige Statue, die als sinnlosen Zierat einen Blumenstrauß und einen ausgestopften Paradiesvogel trug.«

»Das Erwachen war diesmal anders. Ich war nicht frohgestimmt und stellte nicht einmal den Sessel vor das Radio. Nicht so sehr die Erinnerung an den Traum war es, die mich umschattete und bedrückte, sondern vielmehr das Empfinden eines irgendwann begangenen Mißgriffes.

Und daran änderte sich nichts; denn als der bei einem Autounfall ums Leben gekommene Nachrichtensprecher auch schon ein paar Tage begraben lag, erfüllte mich überhaupt nur mehr diese Empfindung eines Mißgriffes, den ich bei irgendeiner Gelegenheit begangen haben mußte.

Jetzt träumte ich des Nachts von Mary-Jane, aber ohne Einleitung. Es war leicht geworden, durch unsere Straße zu gehen, bis vor das Schaufenster des Mr. Lace – dann kam Mary-Jane mit Janet auf dem Arm, und wir gingen spazieren.

›Pastor Thubbs wird morgen begraben‹, sagte sie am nächsten Tag. Und am übernächsten: ›Pastor Thubbs ist heute begraben worden; ich war beim Leichenbegängnis.‹

Grün und reglos hörten die Häuser zu – obwohl vielleicht nicht einmal unseren Worten; denn Häuser wissen schließlich solche Dinge ohnedies. Und Mary-Jane trug ihr verschlissenes Kleid aus weicher orangeroter Seide und begrub Pastor Thubbs jeden Tag aufs neue, während der Wind ihr Haar hochwarf und Janets tote Federn sträubte, als handelte es sich um etwas ganz anderes.

Abende gab es genug, in dieser Stadt. Etwas unsicher und schüchtern strichen sie nieder, um alles mit einem freundlichen Dunkel zu erfüllen, in das Mary-Jane sagen konnte: ›Heute ist es eine Woche her, daß Pastor Thubbs begraben wurde. Weißt du, daß es Schallplatten von ihm gibt? Irgendwo liegt Pastor Thubbs' Stimme so fern und so begraben wie der Pastor selbst. Ist es nicht seltsam – Pastor Thubbs' Stimme auf einer runden, schwarzen Platte?‹

›Nein‹, widersprach ich, ›das ist nicht seltsam.‹

Und als ich an diesem Tage erwachte, beschloß ich, in die Straße zu gehen, wo ich früher gewohnt hatte und wo noch das Geschäft des Mr. Lace sein mußte. Vielleicht hätte ich das schon früher tun sollen?

Die Straße war weit und schwer zu finden, weil es so lange her war. Die Häuser sind nicht grün, dachte ich; und das schmerzte: sie waren schmutzig und nicht einmal schwermütig. Es war eine Armeleutestraße, deren Fenstervorhänge trostlose Innenräume verbargen. Kinder spielten dort, weil Kinder immer spielen und überall; aber es war ein Spiel von Nehmen und Zurücknehmen, mit wildem Geschrei.

›Kennst du das Geschäft von Mr. Lace?‹ fragte ich einen der Jungen.

›Nein‹, antwortete er, ›hier ist kein Mr. Lace.‹ Die anderen Kinder kamen herbei. ›Hier ist kein Mr. Lace.‹

›Es war ein Eckladen‹, sagte ich.

›Nein, an der Ecke ist kein Mr. Lace. Was war es denn für ein Geschäft?‹ fragten die Kinder.

›Ein Geschäft mit toten Vögeln.‹

›Es gibt hier ein Geschäft, mit einem toten Vogel, an der letzten Ecke.‹

Ich ging hin und sah dort Janet einsam und etwas lächerlich zwischen billigen Kolonialwaren stehen.

›Hallo, Fremdling‹, rief Mary-Janes Stimme hinter mir; denn obwohl es nicht die Stimme aus dem Traum gewesen ist, wußte ich, daß es meine Jugendliebe war.

›Hallo‹, sagte ich, ›warum hast du dich verkleidet?‹

›Verkleidet?‹ fragte sie. ›Verkleidet? Sag einmal, Fremdling, bist du bei dir zu Hause ein berühmter Witzbold?‹

Sie erkannte mich nicht; und wenn ich sie nicht in meinen Träumen gesehen hätte, würde ich sie vielleicht auch nicht erkannt haben. Sie hatte sich verkleidet. Sie war jetzt sogar gleich groß wie ich, wegen ihrer dicken Schuhsohlen und zu hohen Absätze. Über den ersten Anzeichen des Verfalls hatte sie ihr Gesicht zu stark hergerichtet, und das Haar hing ihr mit einer feuchten Locke in die Stirn.

›Hast du Geld, Fremdling?‹ fragte sie.

›Ja‹, erwiderte ich, ›komm nur mit herein.‹

Der Mann hinter dem Ladentisch grüßte; aber er blickte meine Begleiterin spöttisch an.

›Was steht zu Diensten?‹

›Diesen Vogel dort, ich möchte diesen Vogel kaufen.‹

Er blickte mich an. ›Darauf habe ich lange gewartet‹, sagte er. ›Als ich vor gut zehn Jahren dieses Geschäft von Mr. Lace übernahm, hat er mich gebeten, dieses Biest in meinem Schaufenster stehenzulassen, weil zwei Kinder in der Gegend seien, die dafür sparten. Die Kinder würden eines Tages bestimmt kommen. Und da sind sie jetzt. Das eine Kind kenne ich, kann ich wohl sagen ...‹

›Halt deinen Schnabel!‹ unterbrach sie ihn hinter mir.

›... das andere Kind kenne ich nicht‹, fuhr er mit seiner

dürren, starren Stimme fort. ›Eigentlich hänge ich ein bißchen an diesem Vogel.‹

›Hier ist das Geld‹, sagte ich. ›Und jetzt rasch!‹

›Der gnädige Herr hat es eilig‹, verwies er mir in gedehntem Tonfall. Doch er holte Janet aus dem Schaufenster und stellte sie auf den Ladentisch. ›Armseliges, totes Vieh‹, murmelte er; und er schlug darauf, daß der Staub hochwirbelte.

Ich blickte Mary-Jane an. ›Ich habe sie gekauft‹, sagte ich. ›Ich habe Janet gekauft – es hat zwar vielleicht ein bißchen lange gedauert, aber ich habe sie gekauft.‹

›Wie oft mußt du schauen, um alles zu kapieren?‹ fragte sie.

Zweimal, dachte ich, das erste Mal und jetzt. Aber ich sah, wie sie den Vogel an den Füßen vom Ladentisch zerrte.

›Hol dich der Teufel‹, fluchte sie. ›Weg mit dir!‹ Und es war, als kreischte Janet auf, als sie zwischen uns zu Boden fiel. Ihr Kopf brach ab und purzelte gegen die herausgestülpten, abscheulichen Eingeweide aus verfaultem, stinkigem Heu. Toter als je, streckten die makabren, starren Vogelläufe das Standbrettchen in die Luft, in die Staubwolke hinein, die wie von einem Miniatur-Bombeneinschlag aufflog.

›Verrecke!‹ zischte Mary-Jane. Und ich wußte, daß sie und der Mann wie zwei Figuren aus einer anstößigen Pantomime hinter mir standen, als ich zur Tür ging, weil die Glocke gickste.

›Haben Sie das Gesuchte gefunden?‹ fragten die Kinder.

›Ja‹, antwortete ich, ›ich habe es gefunden.‹

Ich hatte es in der Tat gefunden. Und dann beginnt man wohl in der Welt umherzuwandern, per Anhalter. Wer weiß, vielleicht begegnet man dann in Deutschland einem Jungen, der einen fragt: ›Hast du ein Mädchen mit chinesischem Gesicht gesehen?‹ Und warum sollte man da nicht mit ihm zusammen auf die Suche gehen? Es ist ja doch ein Ziel! Ja, und manchmal sitzt man dann wieder hier, so von Zeit zu Zeit, und erzählt seine Geschichte, immer wieder die gleiche Geschichte, erzählt sie, durch einen Vorhang hindurch, jemandem, der doch nicht zuhört.«

»Ich habe zugehört«, sagte ich. »Ich habe alles gehört. Ich möchte jetzt ins Freie.«

Im Vorbeigehen nahm ich das Bild des Raumes in mich auf: drei Menschen standen da in der glückhaften Unpersönlichkeit urtümlicher Statuen, Träger von Heimweh, Kummer, Verlangen. Ich hastete über die Treppe und eilte in den Garten.

Es regnete nicht mehr; aber es ging ein tosender Wind, der die Bäume knicksen machte, wie betrunkene Hofdamen, und die Wolken, hemmungslos lachend, über den Himmel peitschte.

Im Geist hörte ich die beiden jungen Männer wieder erzählen, ich sah sie wieder, die Hände im Rhythmus ihrer Erinnerungen bewegend. Einsamkeit war es vielleicht, die sie belebte, wie Fliegen einen Kadaver; aber darüber weiß ich nichts, obwohl ich meine, daß die Einsamkeit, von der die Menschen so viel sprechen, nicht die eigentliche sein kann, und daß eine Einsamkeit kommen wird, die den Menschen ihr Mal aufdrückt, nicht ein Kainszeichen, sondern ein Mal, das ihr Menschentum bezeugt. Wir müssen uns noch daran gewöhnen, denke ich. Vielleicht ist unsere Zeit die Pubertät des wirklich einsamen Menschen?

Nein, es regnete nicht mehr. Aber weil es so stürmte, hörte ich Heinz nicht kommen.

»Kennst du das ›Leiden des Herrn‹ von Geertjen tot Sint Jans?« fragte er.

»Weshalb kommst du hierher?« seufzte ich. »Ich wollte allein sein. Ich wollte nicht mit euch anderen reden. Warum kommst du jetzt her?«

»Kennst du das ›Leiden des Herrn‹ von Geertjen tot Sint Jans?« fragte er nochmals.

»Nein«, entgegnete ich, »ich kenne dieses Bild nicht.«

»Es fängt wieder an zu regnen«, meinte er. »Du mußt dich in der Veranda unterstellen.«

»Warum? Ich bleibe gern im Regen.«

»Dann kannst du aber das Leiden des Herrn nicht sehen.«

Wir gingen in die Veranda, bis zu einer Stelle, auf die das Licht von dem Fenster darüber matt hinunterfiel.

»Schau!« sagte er. »Das Leiden des Herrn.« Und zwischen der kalkigen Trockenheit seiner mageren Hände hielt er eine kleine Bildwiedergabe. Es war ein Foto aus einer Zeitschrift, auf Pappe geklebt.

»Das Papier ist verknittert«, erklärte ich, »und schmutzig. Ich kann fast nichts erkennen.«

»Es bleibt noch genug«, antwortete er. »Ich trage das Bild stets bei mir, schon jahrelang; es ist mein Zeichen. Schau es dir gut an!«

Es steht ein Christus da, ein zerschlagener Mann. In mitleidweckender, kindlicher Gebärde versucht er, das Blut, das aus seiner Seite strömt, zurückzuhalten. Der Schmerz auf dem Gesicht des Gemarterten, seiner Mutter und seines Lieblingsjüngers Johannes ist auf rüde Art hervorgehoben, noch betont durch das Kreuz, das wuchtig und dunkel quer über die Bildfläche gesetzt ist. Engel mit kleinen Gesichtern voll Traurigkeit tragen die Leidenswerkzeuge und erfüllen den Raum, der nun zu voll wird; und eine Beklemmung, ein Ersticken liegt um die stieren Augen des gequälten Mannes.

»Siehst du das?« fragte Heinz. »Das ist mein Zeichen – ein Zeichen, ebenso wie die Selbstgenügsamkeit der übrigen, ihr stiller Frohsinn, wenn du willst.«

»Von wem sprichst du?« fragte ich.

»Von den anderen Mönchen, von ihnen, die dort weilten, weil sie berufen waren, nicht, weil sie zueinander gehören wollten, wie ich zu ihnen, nicht wegen der Anziehungskraft der Liturgie, sondern um dessentwillen, was dahintersteht. Also nicht, so wie ich, bezaubert und verführt durch die wunderbare Weisheit der Psalmen und noch mehr durch deren wehmütige Melodik, nicht durch Gewänder und Gebärden, sondern durch das und das und das.« Und er wies auf die Wunden des Mannes auf dem Bild; und es war, als schlüge er diese Wunden von neuem durch seine Heftigkeit.

»Für mich war er ein Mann, der – freilich schuldlos – gegeißelt und gekreuzigt wurde, wie so viele in jener Zeit. Ein Heiliger vielleicht, ein Prophet vielleicht; aber ein Gott? Seine Göttlichkeit hat mich verfolgt, die ganze Zeit über, weil die anderen an sie glaubten. Auch deshalb hatte ich kein Recht, dort zu sein. Vielleicht noch als Zweifler, aber nicht einmal das war ich. Für mich blieb er der Mann mit den Wunden, der Mann mit dem Vorwurf, der aus seinem Leiden entspringt; für sie war er der Mann, der gerufen hatte. Oh, ich wußte genau, was hinter diesen Gesichtern stand, die mich ständig umgaben, in sich gekehrt, wie auf den Bildern der frühen Meister. Der Mensch Christus als Mittler, kraft der hypostatischen Union; ja, und derart das Opfer seines Lebens Gott darbringend, zur Sühne der Sünden der Menschheit, leidend wie hier auf diesem Bild; und sie, die Mönche, dieses Opfer fortsetzend, als Priester, ihre Priesterschaft ableitend, aber auch sie ein fortdauerndes Leiden des Herrn.

Verstehst du? Ich war eifersüchtig. Wenn ich es zuwege gebracht hätte, würde ich sie gehaßt haben. Gehaßt, nicht, weil sie, wie ich, um zwei Uhr nachts aufstanden; nicht, weil sie, wie ich, trockenes Brot aßen und nie Fleisch, Fisch oder Eier; nicht, weil sie schwiegen, wie ich, und es kalt hatten in den Korridoren und müde waren von der Feldarbeit. Nein, sondern weil sie zu ihrem Tun Gründe außerhalb ihrer selbst hatten, und ich nicht. Darum. Es klingt vielleicht seltsam, aber im Grunde waren sie immer außerhalb ihrer selbst, und ich war es nie.

Ich habe dir erzählt, daß ich wegmußte, sobald ich meine Anfälle bekam. Ich hatte keine Berufung, sagten sie; und damit waren sie, ohne es zu wissen, auf doppelte Weise im Recht.

Im Recht, weil das kirchliche Gesetzbuch eine innere und eine äußere Eignung verlangt. Meine innere Ungeeignetheit verbarg ich, verhehlte ich, verzeih mir. Aber meine äußere Ungeeignetheit lag auf der Hand, und man ist sehr folgerichtig in bezug auf sie. Wenn jemand körperliche Mängel hat, fehlt ihm die äußere Eignung; ergo ist er von Gott nicht berufen. Priester mit nur einer Hand sind von Gott nicht berufen, Priester mit Fallsucht werden von Gott nicht berufen. Weit ärger muß das wohl für jemanden sein, der wirklich berufen zu sein glaubt, der nicht, wie ich, ein Mitläufer ist und lächerlich in den eigenen Augen.

Ach, und was die körperliche Eignung angeht, ich nehme ihnen das nicht mehr übel – in normalen Zeiten wäre ich ja ärztlich untersucht worden, noch ehe ich eintrat.«

Er schwieg. Und wir horchten auf das Stöhnen des Hauses, unter dem leidenschaftlichen Streicheln des Windes. Und dann sagte Heinz: »Denn schließlich, mein Lieber, ist ein Priester ein Gebrauchsgegenstand.«

Sechstes Kapitel

Der nächste Tag war ein stiller Tag. Wir waren zwar da, sprachen aber nicht; und später am Tage ging ich weg. Ich sah die beiden Jungen schlafen. Ihre Gesichter waren wunderlich leer, nach den Erzählungen vom Abend zuvor. Sargon lag ausgestreckt und hatte Heinz eine weiche, rosige Hand auf die Schulter gelegt. Er schien jetzt etwas massig und ungelenk, wie ein vom Altar gefallener Barock-Engel, der plötzlich zu wachsen begonnen hat.

Er wurde wach und suchte mich mit den Augen.

»Du siehst mich an«, sagte er.

»Ja«, antwortete ich.

»Denkst du, daß das Leben kurz ist?« fragte er.

Als ich aber entgegnete, ich wüßte es nicht, meinte er, er wisse bestimmt, daß es nicht kurz sei, sondern furchtbar lang; und jedesmal beim Erwachen denke er daran.

»Nimm nur den hier«, zeigte er. »Mit ihm bin ich schon mehr als ein Jahr beisammen. Das Leben ist kurz wie Gras, sagt er immer. Aber das ist nicht wahr. Hier, diese mageren Hände und dieses weiße, kranke Gesicht, das schon derart alt scheint – so lange kenne ich das alles schon. Und dachtest du, ich würde es kennen, wenn ich es nicht so lange gesehen hätte? Ich kenne ihn, wie ein Kind den Weg kennt, den es täglich gehen muß, zur Schule. Dieser Baum und jenes Haus und diese alten Leute, die am Fenster essen – und ebenso hier: dieser Fleck auf seiner rechten Hand, die Trockenheit seiner Haut und das Alte an seiner Stimme! Mir ist, als hätte ich ein Leben mit mir selbst verbracht und eines mit ihm. Und im Laufe der Zeit sammelt man so viele Leben, daß es ist, als hockten sie sich einem auf die Schultern und drückten, bis man beklommen wird und zu reden beginnt, um sie loszuwerden. Aber sie bleiben und zeichnen allmählich den Menschen; sie zeichnen ihm ihre Schwere und Beklemmung ins Gesicht, auf die Hände – hast du gesehen, wie häßlich ich bin? Wer behauptet, ein Jahr ginge rasch vorbei, der vergißt, daß er ein zweites Jahr brauchen würde, um zu erzählen, was im vergangenen geschehen ist. Ich will einschlafen.«

Er lag wieder da, mit geschlossenen Augen, so daß die Lider wie Flecken müden Violetts auf der Blässe der Haut ruhten. Und sehr bald schlief er wieder; denn er schmatzte mit den Lippen, wie manche Leute es im Schlafe tun, oder wie Kinder.

Was habe ich mit diesen Menschen zu schaffen? dachte ich; es ist, als kämen sie von einem anderen Planeten, aus einem fremden Land. Und jetzt, da sie schliefen, entfernten sie sich noch weiter von mir, und immer weiter. Und ich nahm mir vor, wegzugehen und die kleine Chinesin zu suchen, weil ich sie in Calais gesehen hatte und weil sie nicht stehengeblieben war, als ich sie rief im Regen – weil ich sie seither gesucht hatte, überall, in Calais und den anderen Städten, aber eigentlich nur, um mit ihr zu reden.

Doch als ich meinen Rucksack gepackt hatte, erklärte Fey: »Du darfst noch nicht fort. Laß erst die anderen gehen. Ich will, daß du noch bleibst.«

»Du hast geschlafen«, sagte ich.

Aber sie entgegnete, sie hätte nicht geschlafen; und sie wollte nicht, daß ich ginge. »Morgen muß ich wieder Blumen pflücken, und du mußt mir helfen.«

»Ich komme wieder«, versprach ich. »Ich werde zurückkehren. Ich lasse meinen Rucksack hier.« Und ich ging, in die Stadt Luxemburg.

Die Züge, die dort einfahren, queren eine Eisenbahnbrücke in der Form eines hohen, zierlich geschwungenen römischen Aquädukts. Abend war es, als ich unter der Brücke hindurch nach Les Trois Glands wanderte, einem erhöhten Punkt, von dem aus man weithin sehen kann. Aber jetzt war es dunkel, und das Tal war eine große Schale voll Stille, in die dann und wann Geräusche einbrachen – abendliches Wasser? Vielleicht, oder der Mond, der mit sich selbst Zwiesprache hielt.

Ich konnte mich nicht setzen; denn auf allen Bänken saßen Menschen, die sich liebten oder die Gesten der Liebe taten. Nun kenne ich die Parkanlagen; und schwer fällt das nicht: man geht immer über den gleichen kiesigen Sand, der unter den Schuhen knirscht. Eigentlich liegen alle diese Gärten nebeneinander, der Schloßpark in Oslo, der Luxembourg und der Vondel-Park, und in Rom die Villa Borghese – man durchschreitet sie auf einem sehr langen Pfad, mit Bänken beiderseits und den Menschen darauf. Es ist ein Reigen. Der Reigen der Menschen auf den Bänken in den Parks und des Jungen, der dazwischen hindurchschreitet, auf dem Pfade.

»Warum störst du uns?« sagen sie. »Es ist unser Abend; er wurde dazu mit Stille gerüstet – mit Bäumen, in denen es vielleicht von Geheimnissen rauschte. Es war unser Abend; der Mond ist da, königlich, und wandelt schwermutsvoll durch den Duft von Bäumen und Erde, rührt an den Duft unserer Leiber – und in irgendwelcher Ferne, wo?, sickert Wasser.«

»Warum sagt ihr das?« fragte ich die Männer.

Sie: »Merkst du denn nicht, wie wir plötzlich in unserer Haltung erstarren, wenn du herankommst? Du bist der Eindringling, der Unerwünschte.«

Ich: »Warum haltet ihr fest, was ihr loslassen müßt? Was ihr streichelt, ist sterblich, und ihr wendet es nicht ab.«

Sie: »Und wenn du an uns vorbeikommst, sitzen wir steif da, und oft sind wir lächerlich, wie wir so sitzen. Du hast dich aufgedrängt, du schaffst eine Vielheit.«

Ich: »Bald geht ihr miteinander davon, und vielleicht schlaft ihr beieinander in einem Bett, wenn ihr es nicht hier tut. Und morgen früh erwacht ihr dann wohl. Ja, der eine von beiden wird eher wach und sieht, was er liebt oder nicht liebt, was er mit Händen und Mund gestreichelt hat. Im Lichte sieht er es. Und es ist fremd, wie vergröbert; es ist plötzlich unheimlich – ein fremder Leib ganz nahebei.«

Sie: »Und wenn du vorüber bist, hörst du – wie häßlich, wie häßlich! – das Scharren eines Fußes auf dem Pfade, eines

Fußes, der sich fest einstemmt, damit der Körper sich besser vorbeugen kann.«

Ich: »Ich gehe zwischen euch hindurch in allen Parks der Welt, ich gehe zwischen der Liebe hindurch; und ich fasse es nicht: ihr könnt euch doch nicht zerteilen. Morgens, wenn der Werktag beginnt, verlaßt ihr einander; und die Leiber beginnen ihren einsamen Wandel, der gestreichelte Körper genauso wie der meine, der ungestreichelte; sie entfernen sich voneinander, weiter, als die Nacht je wieder versöhnen oder vereinen kann.«

Sie: »Was willst du? Wir kennen unsere Unvollkommenheit. Aber nicht aus Mitleid mit dem eigenen sterblichen Ich liebt man. Sie, die wir hier bei uns haben, ist die einzige. Wir halten die einzige gegen das Licht des Abends, und sie ist ein Geheimnis, wir halten sie gegen das Licht ihres Geheimnisses, und sie umkleidet sich mit Zartheit.«

Ich: »Und diese Einzige – wenn ihr sie nicht getroffen hättet, dann und dort, würdet ihr zwangsläufig eine andere Einzige gefunden haben; denn die Welt ist von Einzigen, auf daß man sie finde.«

Sie: »Eine Einzige wird nie gefunden, sie entsteht. Ihre Gebärden rufen sie ins Leben, und sie entsteht aus dem, was sie sagt und was wir davon hören. Sie erhält Gestalt durch das, was sie dazu beiträgt, und durch die Gelegenheiten, die wir ihr bieten, dazu beizutragen. Es mag sein: Was wir streicheln und festhalten ist das, was wir, dann und dort, getroffen haben. Aber was wir daran kennen, haben wir geschaffen.«

Ich: »Wenn ich weiter und weiter gehe, in den Abend hinein, der sich auch für mich mit Herrlichkeit gerüstet hat, der seine Hände auf die Unrast des Tages und des Allzuvieldenkens breitet, wenn ich dann weitergehe, und ich fände eine Bank und ich setzte mich darauf mit einer anderen, würde ich dann nicht mich selber verlieren?«

Sie: »Das ist unmöglich. Man verliert sich nicht, es sei denn, aus Unzulänglichkeit. Du hast Angst davor, nachzuahmen, uns und unsere Gebärden; aber das ist unmöglich. Jeder hat seine eigene Gebärde, seine eigenen Worte und den eigenen Duft, wie eine Kennzahl. Du schreitest hier nicht einmal mit Stolz vorbei, sondern mit Furcht und dem Gefühl der Unzulänglichkeit. Und es ist nicht gut, zwischen uns hindurchzugehen und, was wir heute abend aufgebaut haben, zu Zündholz für den Herd deines Zweifels zu zerspleißen. Wir haben nur wenig Zeit. Noch ein Tag, und wir selbst schreiten hier. Und es wird uns sein, als sei uns das Blut eingetrocknet; der Körper, an dem wir einander erkannt haben, tritt in jenes verräterische Alter, das unsere Erinnerungen zu Torheit zerreibt.«

Ich: »Was ist dann am Ende der Unterschied?«

Sie: »Daß man nicht am Ende lebt. Man lebt jetzt – jetzt, in der Straffung eines Leibes und in der Sänftigung einer Hand, die darüberstreicht; jetzt in der Geheimsprache eines Mundes und in dem Verlangen eines Mundes, der darüberstreicht.«

»Ja«, sagte ich, »ja.«

Fey wartete auf mich, als ich zurückkam.

»Sind sie fort?« fragte ich; aber sie waren noch nicht fort, die anderen.

Wir setzten uns auf die Veranda, und Fey legte mir den Arm um die Schulter.

»Nein«, sagte sie dann. »Komm auf die Mauer!«

Und wir gingen zur Mauer. Fey klomm zuerst hinauf und zog mich hoch; und so saßen wir auf der Mauer, die Gesichter dem Wasser zugewandt. Ich glaube, wir sind lange dort gesessen. Fey hatte den Arm schwer um meine Schultern gelegt; ab und zu ließ sie die breite Hand mit den roten Fingernägeln über meinen Mund gleiten. Später schlang auch ich den Arm um ihre Schultern, so wie ich einst mit meinen Schulkameraden gegangen war, gegenseitig die Arme um die Schultern, ein Geheimnis erzählend.

»Oh, Fey!« sagte ich; und sie lachte.

Ich fragte: »Ist es nicht seltsam, so schön zu sein?«

»Seltsam?«

»Ja«, sagte ich; und ich legte ihr behutsam die Hand auf die Brust. »Du bist schön – mir kommt das seltsam vor. Daß die Dinge schön sind, ist etwas anderes. Aber wenn eine Frau schön ist, weiß sie es. Das macht einen gewaltigen Unterschied.«

»Du liebst mich nicht, wie?« fragte sie.

»Ich weiß nicht«, entgegnete ich, »ich glaube nicht. Aber wissen kann ich es nicht, ich habe es noch nie getan.«

»Du liebst die andere, glaube ich«, erklärte sie.

Ich weiß es nicht, dachte ich, ich möchte bloß mit ihr reden.

»Philipp«, begann Fey wieder.

»Ja.«

»Meinst du, daß ich zu alt bin, um Ball zu spielen?«

»Nein«, erwiderte ich, »das glaube ich nicht.«

»Manchmal, wenn niemand da ist, spiele ich ein wenig mit meinem Ball – ich laufe über den Hof und schlage den Ball und zähle die Läufe; manchmal werfe ich ihn an die Wand und fange ihn dann wieder auf. Ich habe diesen Ball schon sehr lange; aber jetzt spiele ich mit ihm nur mehr, wenn ich weiß, daß niemand es sieht.«

»Ich spiele gern mit dir Ball«, erbot ich mich. »Es ist noch nicht so lange her, daß ich zuletzt Ball gespielt habe.«

Wir kletterten von der Mauer hinab; und unten führte Fey wieder die Hand an meinen Nacken, wie damals beim Flieder.

»Glaubst du nicht, daß ich zu alt bin zum Ballspielen?« fragte sie noch einmal.

»Nein«, antwortete ich.

»Mit dem Ball spielen doch nur Kinder?«

»Auch Kinder.«

Sie drückte die Fingernägel wieder tiefer ein. Nicht beißen, dachte ich; aber sie sagte:

»Wir sehen nicht genug – es ist doch Nacht. Der Ball wird verlorengehen, und dann finden wir ihn nicht mehr wieder.«

»Hol nur den Ball«, forderte ich sie auf. »Es scheint doch der Mond.«

»Ja, der Mond scheint.«

Sie neigte den Kopf zurück und blickte mich durch halbgeschlossene Lider an. »Ich habe mit vielen Männern geschlafen.«

»Ja«, sagte ich.

»Ich habe nie mehr mit einem Jungen Ball gespielt, diese ganze Zeit über.«

»Dann hol den Ball!«

Und sie nickte zustimmend und lief ins Haus, um den Ball zu holen.

Es war großer, blauer Ball mit gelben Streifen; und wir spielten zwischen den Steinhaufen, während die anderen schliefen. Wir sprachen nichts und warfen einander den Ball so wuchtig wie möglich zu. Später veranstalteten wir einen Wettkampf; und Fey gewann, weil sie geschmeidig war wie ein Tier. Es war fast ein Tanzen, wenn sie aufsprang, um den Ball zu fangen, oder sich zurückbog, um ihn zu werfen. Einmal trat sie, mit dem Ball in den Händen, auf mich zu.

»Ich glaube, der Ball ist das Glück«, sagte sie. »Ich muß ihn immer fangen. Aber wirf ihn nur, so wuchtig du kannst.« Und als sie wieder auf ihrem Platze stand, warf ich den Ball hoch und weit, dem Monde entgegen, so daß er einen Augenblick lang kalt und drohend schimmerte. »Hier ist dein Glück!« rief ich. »Du mußt es fangen.« Und sie sprang auf den Ball zu wie ein verzweifelter großer Vogel, die Arme wie blinkende Flügel. Und sie fiel, mit dem Ball in den Armen.

»Tut es weh?« fragte ich. Aber sie sagte bloß: »Ich habe ihn.« Und wir spielten weiter, vielleicht stundenlang. Und dann schliefen wir in der Veranda; denn es war nicht kalt, in dieser Nacht.

Als ich erwachte, weil die anderen herunterkamen, sah ich, daß Fey noch schlief, den rechten Arm im Bogen hingebreitet, als hielte sie jemanden darin, oder als Einladung. Und die linke Hand hatte sie auf dem Ball, der zwischen uns lag, harmlos blau und gelb im Licht des Tages.

Heinz breitete eine große Karte von Europa am Fußboden aus; und mit Rotstift zog er einen Strich von Plymouth über Paris und Zürich nach Triest.

»Was ist das?« fragte ich. Aber er bezeichnete Europa über dem Strich mit römisch eins, Europa unter dem Strich mit römisch zwei. I waren also Großbritannien und Nordfrankreich, ferner die Niederlande, Belgien, Luxemburg und Skandinavien, II waren das übrige Frankreich, Spanien, Portugal, die Schweiz, Italien und Jugoslawien.

»Taktik«, sagte er. »Es ist eine einfache Frage der Taktik. Du bist I, und wir sind II – du suchst in I, wir suchen in II.«

Nein, dachte ich, ich suche, wo ich will; aber hingehen kann ich schon dorthin. Und so sagte ich, mir sei es recht.

Heinzens Rucksack war eingesunken und flach, ein wunderliches, zu seinem Träger passendes donquichotteskes Attribut. Er fuhr sich mit der Zungenspitze über die trockenen Lippen und sagte: »Leb wohl, mein Lieber!« Dann machte er eine Geste, als wollte er noch etwas sagen oder tun; aber jedenfalls tat er es nicht. Und langsam, als wäre seine Last schwer, ging er den Zufahrtsweg hinab. Einmal wandte er sich um und hielt Ausschau, ob Sargon noch nicht käme. Er war bleich wie der Morgen.

»Kommst du, Sargon?« rief er.

»Ich muß ihm noch etwas erzählen«, rief Sargon zurück.

»Nein«, erklärte ich, »ich gehöre jetzt nicht mehr zu euch; ich bin I, ihr seid II. Das hat er selbst so festgesetzt, ich brauche jetzt nicht mehr zuzuhören.«

Aber er packte mich am Arm und zog mich sanft mit sich. »Bis zur Landstraße?« bat er. Und bis dorthin erzählten der breite, rosige Mund und die in dem aufgedunsenen Grau des Gesichtes fast versteckten Augen unentwegt von Sargon – ja, Gedichte habe er gemacht, es aber schließlich aufgegeben, weil er auf dem Papier nur sich selbst wiedergefunden habe, in Verzerrung.

»Philosophie – die habe ich ausprobiert«, erzählte er. Und so redete er und redete immerfort; und ich bekam die Lehren des Thomas von Aquino und die fünf Gottesbeweise zu hören. Bestimmt, so mußte es sein, habe er gedacht, das war schlüssig. Aber Schopenhauers übervereinfachte Leugnung eines Schöpfers habe ihn verwirrt; alle Philosophien hätten ihn verwirrt und ihn durch ihre entgegengesetzten sicheren Erkenntnisse völlig unsicher gemacht, über alle Maßen. Denn er sei zwar im Studium nicht weiter gekommen als bis zu volkstümlichen Darstellungen der Lehre dieser Philosophen; aber die darin angeführten Zitate hätten einen Eindruck auf ihn gemacht, der ihm jedesmal als das Aroma der Wahrheit erschienen sei.

»Ich habe es aufgegeben«, schloß er.

»Sargon!« rief Heinz. Er war nun weit vor uns.

»Geh nur jetzt zurück!« sagte Sargon. Und wir verabschiedeten uns; und ich ging zurück, zu Fey.

»Sie sind fort«, berichtete ich. Und Fey erklärte, ich müßte nun auch gehen. Und so holte ich oben meinen Rucksack; als ich jedoch wieder hinunterkam, war sie nicht da, um mir Lebewohl zu sagen. Vielleicht war sie über die Mauer geklettert und pflückte dort Blumen oder spielte Ball, ich weiß es nicht. Jedenfalls ging ich weg; und weil ich I war, wandte ich mich nach Norden. Und in dem Lande zwischen Maas und Waal habe ich bei der Kirschenernte gearbeitet; denn mein Geld war ausgegangen.

Mit einer Rassel schritt ich durch die Obstgärten, um die Stare zu verjagen. Hu-u, hu-u, hu-u schrien wir, und wir rasselten und schlugen auf Blech. Und als die Kirschenernte vorbei war, begab ich mich auf die Insel Texel, um dort Rüben zu hacken und später Blumenzwiebeln auszunehmen. Ich erinnere mich da nicht mehr an viele Einzelheiten – naß war der Boden morgens, trocken und beschwerlich in der Mittagszeit, wenn die Sonne hoch stand.

Wir knieten am Boden und buddelten die Zwiebeln mit den Händen aus; dann legten wir sie in grobe Siebe und schüttelten, bis die Erdklumpen abfielen. Und daß es manchmal regnete, entsinne ich mich, und daß wir dann über die Weite des Grabefeldes gebeugt lagen, als wollten wir die Erde liebkosen, im Verlangen, in sie zurückzukehren. Denn viele von uns glauben, mag es vielleicht auch nicht stimmen, viel eher aus der Erde gekommen zu sein als aus einer Frau.

Das alles tat ich, um Geld zu verdienen. Denn ich wollte meine Suche nach dem Chinesenmädchen fortsetzen. Und das habe ich denn getan: in den Niederlanden, aber ich fand sie nicht; dann in Deutschland, aber ich fand sie nicht. Und so wurde es September; und es war Herbst und ein früher Morgen, als ich die Grenze überschritt, nach Dänemark.

Und sobald die Paßkontrolle erledigt war, besah ich mir den Stempel. Und ich las: ›KRUSAA, Einreise.‹

Ich blickte um mich her; und sie war wirklich da.

Siebentes Kapitel

Wer jetzt aus der Paßstelle in Krusaa kommt, kann mich vielleicht noch dort sehen. Ich stehe rechts von der Straße, bei dem Buschwald, und ich sage zu ihr: »Sei mir gegrüßt, ich habe dich überall gesucht.«

Sie trug jetzt ein schwarzes Samtjäckchen über der enganliegenden Kordhose; und in den Kleinmädchenschuhen mit Schleifen hatte sie nackte Füße.

»Ist dir nicht kalt«, fragte ich, »so barfuß? Hier ist schon Herbst.«

»Ja«, sagte sie, »wir werden in Kopenhagen Strümpfe kaufen.«

»Vielleicht bekommen wir schon früher welche, wenn wir ein Auto finden, das nicht in einem nach Kopenhagen fährt. Aber bis dahin ziehe ein Paar von mir an.«

Das tat sie, denn meine Füße waren nicht viel größer als ihre. Und dann sind wir weitergewandert; in der linken Hand trug sie zwei schmale, flache Köfferchen, deren Griffe sie mit Schnürsenkeln aneinandergebunden hatte, so daß man leichter daranfassen konnte. Über den rechten Arm hing ihr eine Tasche mit Kleidern und Eßwaren.

Unser erster Anhalter nahm uns bis Åbenrå mit; und dort kauften wir Strümpfe und spielten Karten, in einem Kaffeehaus.

»Ich fahre nur bis Haderslev«, sagte der nächste Chauffeur; aber er brachte uns nach Kopenhagen. Warum er es tat, wußten wir nicht; denn er sprach nicht mit uns. Nachmittag war es noch, als er uns aufnahm, und Nacht, als er uns am äußersten Rand von Kopenhagen absetzte.

Weil er nicht redete, haben auch wir nichts zueinander gesagt. Nur auf der Fähre, als er uns allein gelassen hatte, sprach sie mich an. Wir beugten uns am Heck über die Reling und blickten auf die Spur, die das Schiff im Wasser zog, und auf die Lichter, die in Nyborg angezündet wurden, weil Abend war.

»Was tust du gern?« fragte sie.

»Ich lese gern, und ich schaue gern Bilder an; und ich fahre gern in einem Autobus, abends oder nachts, wie ich es tue, wenn ich ein Fest feiere, bei meinem Onkel Antonin Alexander.«

»Und was sonst?«

»Am Wasser sitzen«, meinte ich, »und im Regen spazierengehen, und vielleicht jemanden küssen... Und du?«

Sie dachte eine kleine Weile nach, und dann sagte sie: »Auf der Straße singen oder am Gehsteig sitzen und zu mir selber sprechen; oder weinen, weil Regen kommt. Aber das geht alles nicht; man kann nicht auf einem Gehsteig sitzen und zu sich selber reden. Das finden die Leute närrisch, und man muß weggehen.«

»Und was tust du sonst noch gern?«

»Denken, daß ich so bin wie meine Großmutter.«

Wie ist denn deine Großmutter? dachte ich. Aber ehe ich fragte, sagte sie selbst: »Sie ist manchmal sogar für mich merkwürdig. Ihr einsames Leben macht es ihr schwer, mit Kindern umzugehen.«

Du hast überhaupt keine Großmutter, dachte ich; sonst hätte Maventer es mir doch erzählt.

»Sie ist jetzt alt und geht hochaufgerichtet. Und meist tut sie böse gegen uns, die Kinder. Wir sind dann sehr verwundert. Ich finde das traurig. Denn jeder verurteilt jetzt ihre Lebensführung; niemand begreift, daß es ein wildes Herz ist, das lebt und leidet in seinem Winkel und dort sterben wird. Ich denke, sie gleicht am ehesten dem Monat November. Man hat mir erzählt, ihre Füße seien jetzt wundgelaufen und zerschrammt, von den Wurzeln, den Nadeln und Strünken der Wälder, durch die sie wandert, stundenlang und immer allein, mit einer Sichel in der Hand. Ich bin ihr manchmal nachgegangen. Sie ist wie ein Tier aus den Wäldern, ein wildes Tier, das eine Stelle sucht, wo es in Ruhe verenden kann, allein.«

Ich verstand: das war die Vorstellung, die sie in bezug auf sich selbst hegte, für die Zeit, da sie alt sein würde. Bestimmt wußte ich es allerdings nicht.

Das Wasser schäumte unter uns auf; und wir sahen zu, wie es mit einem Mond spielte, der sich vom Schiff nicht überholen lassen wollte. Aber später in der Nacht, in der Stadt, geschah es, daß unser eigenes Spiel geboren wurde; weil es nämlich so spät war, gingen wir nicht mehr schlafen. Wir fuhren mit der Straßenbahn so weit, bis wir Wasser sahen; und es hieß dort Nyhavn.

»Da ist ein Kahn«, sagte sie. Wir stellten unser Gepäck an den Kairand und setzten uns in den Kahn.

»Wie heißt du?« fragte ich. Aber ich wußte ja, daß sie Marcelle hieß, weil der Mann Maventer es mir erzählt hatte.

»Du mußt noch einen Namen für mich finden«, sagte sie. Und sie wandte sich zu mir, ganz rasch – so daß der Kahn und das Wasser ein wenig schwankten. Und seltsam und straff wurde das alte Elfenbein ihres Gesichtes vor meinen Augen.

»Du bist jetzt so nahe«, flüsterte ich. »Darf ich dein Gesicht anfassen?« Und da sie nicht mehr antwortete, legte ich meine Hände um ihr Gesicht; denn dazu waren sie geschaffen – die Form der hohen Jochbeine wuchs in meine Handfläche hinein. Und »Mach jetzt die Augen zu!« sagte ich. »Mach jetzt die Augen zu!« Und ich küßte sie auf ihre Lider, die sich zitternd über den Augen geschlossen hatten, violett wie Blumen, die man bisweilen am Rand von Sümpfen im Süden sieht, die ich aber nicht mehr zu benennen weiß.

»Ich heiße dich Champignon«, sagte ich. Und dann ließ ich sie los, behutsam, voll Angst, meine Hände könnten ihren Wangen Schmerz bereiten. Aber plötzlich lachte sie, daß ihr Gesicht sich mit Lieblichkeit überzog, während auf ihren Zähnen das Licht spielte, sich versteckte und sich selbst wieder aufstöberte, unter den Augen, die groß waren und noch immer unergründlich.

»Was ist in den Köfferchen dort?« fragte ich. Und ich dachte, sie würde es vielleicht nicht sagen wollen, weil sie auch ihren Namen nicht genannt hatte. Aber sie machte die Schuhbänder los, an denen sie die Koffer getragen hatte, und öffnete die Deckel.

»Das ist mein Gefolge«, erklärte sie. »Ich werde jetzt hofhalten.« Und dann wurde sie eine Prinzessin.

Es war ein kleines Grammophon, mit Platten.

»Und das ist auch mein Gefolge«, sagte sie wieder und wies auf ein kleines Büchlein, das oben aus ihrem Jäckchen lugte. »Soll ich meine Gefolgsleute rufen?«

Ja, dachte ich. Und ich sagte es: »Ruf sie nur!«

»Aber dann mußt du die deinen auch rufen.«

Ich habe kein Gefolge, wollte ich sagen; aber mir fiel alles ein, was der Mann Maventer mir über Marcelle erzählt hatte. Und darum erwiderte ich:

»Ich denke wohl, daß ich sie rufen werde, ich denke wohl.«

»Du hast doch auch ein Büchlein, nicht wahr?«

»Ja«, bestätigte ich; denn obwohl die meisten Menschen es seltsam finden, wenn jemand Gedichte liest, meinte ich, sie würde vielleicht nicht darüber lachen. Und ich ließ sie mein Büchlein sehen, das ich immer bei mir habe und worein ich die Gedichte schreibe, die ich schön finde.

»Gut!« nickte sie. »Es ist wie meines. Und das ist ein edles Gefolge, un très noble cortège. Hast du einen Kamm?«

Ich gab ihr meinen Kamm, und sie strählte sich und strich sich die Kleider glatt; und sie sagte, auch ich müßte das tun.

»Warum?« frage ich. Aber sie antwortete nicht darauf und wollte wissen, wo wir waren.

»In einem Kahn«, entgegnete ich, »im Nyhavn von Kopenhagen.«

»Ja«, sagte sie, als fände sie das sehr wichtig, »und wir haben nun unsere Haare gekämmt. Ich glaube, jetzt können wir das Gefolge empfangen.«

Und sie legte eine Platte auf, den Cortège aus einer Sonate des Domenico Scarlatti. Und es war ein merkwürdiger Anblick, die drei Boote die Havnegade entlang heranfahren zu sehen: sie waren mit Astern und Skabiosen geschmückt, und in dem ersten Boot, das mit den Farben des Herbstes beflaggt war, saßen die Musiker des Kammerorchesters, regungslos – vielleicht bewegten sich das Silber einer Perücke unter dem Licht oder der Spitzenbesatz einer Brustkrause, aber das machte nichts aus; sie saßen da wie Statuen, während der Cembalist den Cortège spielte.

»Es ist Scarlatti selbst«, flüsterte Marcelle; und mir fiel ein, daß es jener Mann war, der gelegentlich zu meinem Onkel Antonin Alexander auf Besuch gekommen und dem ich einmal vorgestellt worden war, ohne ihn gesehen zu haben.

»Sind die anderen auch erschienen?« fragte ich Marcelle; aber es waren nur jene Tonsetzer da, von denen sie eine Platte besaß.

»Der mit den roten Haaren, dort hinten, das ist Vivaldi«, zeigte sie; und ich bemerkte, daß ihre Wangen für einen Augenblick aufglühten, als er sich verbeugte, während sie nach ihm wies.

Die Boote kamen längsseits. »Wenn man in das Büchlein blickt, erkennt man sie«, sagte Marcelle. »Schau nur hinein!« Und sie legte das Büchlein offen auf den Schoß. Ich sah die Männer leise miteinander plaudern, und manche trugen Trachten aus längst vergangenen, eigentlich vergessenen Zeiten; und ich bemerkte, daß einige alt waren und sehr müde – genaugenommen hatten alle diese Gesichter etwas Altes.

»Dort ist Paul Éluard!« Sie stieß mich an; und ich sah ihn und flüsterte: »Warum ist er hier?«

Sie zeigte auf ihr Büchlein; und da der Wind das Licht gerade nicht verwehte, konnte ich die Zitate lesen:

»Avec tes yeux, je change comme avec les lunes«

und

»Pourquoi suis-je ci belle?
Parce que mon maître me lave ...«

Er gab uns die Hand und setzte sich ein wenig zu uns und redete mit uns. So habe ich an diesem Abend mit vielen Menschen gesprochen. Und ich stellte Marcelle die Männer aus meinem Gefolge vor, darunter E. E. Cummings, weil er das Gedicht geschrieben hatte:

»Somewhere I have never travelled, gladly beyond
any experience, your eyes have their silence...«

und weil das Gedicht mit den Worten endet:

»the voice of your eyes is deeper than all roses,
nobody, not even the rain, has such small hands.«

Oh, da waren alle die anderen Namen; aus meinem Büchlein Becquer, der Spanier:

»yo de ternura guardo un tesoro...«

und aus ihrem Büchlein:

mas non sai quoras la veyrai,
car trop son nostras terras lonh...«

Und mit dem Manne, der das geschrieben hatte, redete sie in der Sprache, die ich in dem Dorf bei ›Chez Sylvestre‹ gehört hatte; und aus seiner Kleidung entnahm ich, daß er ein Troubadour sein mußte. Es war Jaufre Rudel; und mit ihm waren Arnaut Daniel und Bernart de Ventadour gekommen.

So wurde es ein wundervoller Abend. Denn die Stadt schwieg hinter uns; und wenn das Orchester nicht spielte, sprachen von den drei Booten her, die wie ein Hufeisen rund um unseren kleinen Kahn lagen, die Männer. Und zum Klange der leisen Musik sagte Hans Lodeizen von neuem:

»Ich wohn in einem andern Haus;
Bisweilen kommen wir zusammen.
Ich schlafe stets nur ohne dich,
Und stets sind wir vereinigt.«

Und sogar Paul van Ostayen war erschienen, mit seinem Harlekin in Wassergrün und der Colombine in verschlissenem Rosa aus der ›Unbedeutenden Polka‹.

So hielt Marcelle in dieser Nacht hof im Nyhavn. Und gegen Morgen, als die Stadt bleich zu werden begann, fuhren die Boote davon. Und wir gingen längs des Wassers zurück, den Menschen entgegen.

Daß ich sie liebte, sagte ich indes erst vielleicht eine Woche später. Inzwischen hatte ich sie unter Sonne und Regen gesehen – wie sie irgendwelchem Meereswinde lauschte oder leise sprach, in der Kälte des frühesten Morgens, wenn wir nicht geschlafen hatten. Nachts habe ich sie gesehen, in der Bruthitze eines Fernlasters auf den Straßen Schwedens, an meiner Schulter schlafend. Und wir kannten einander, weil wir beisammen waren, als wir von Helsingör wegfuhren, mit Hamlets Schloß im Rücken, und in den Wäldern am Vänernsee schliefen, wo die Nächte erfüllt sind vom Geheimnis des Altseins und wo wir Lokis Bosheit hinter bizarren, unheimlichen Schatten ahnten.

In Stockholm also habe ich es gesagt. Und wer weiß, vielleicht hätte ich es, wäre nicht Regen gewesen, auch da unterlassen – ich glaubte nämlich nicht, daß sie mich liebte; und dann sollen die Dinge ungesagt bleiben. Aber es regnete, und weil wir immer das Wasser aufsuchten, lagen wir unter einer Brücke, der Kungsbro, vor dem Regen geborgen in einer Nische, die zwischen der Straße und dem sanften Bogen, auf dem die Brücke ruhte, ausgespart war.

Die Autos fuhren über uns, und ich sagte: »Je t'aime.« Aber sie schlug die Augen auf, sie tastete nach meinem Gesicht und strich ganz flüchtig darüber hin, ehe sie – falls das eine Antwort war – erwiderte: »Bien sûr.«

Dann lagen wir still, sehr lange, glaube ich, bis sie wieder zu sprechen begann:

»Weißt du, daß ich fortgehe?«

»Nein«, entgegnete ich, »das wußte ich nicht.« Und mir war klar, daß ich dieses Spiel verlieren mußte, weil ich sie liebte, weil wir ineinander paßten wie Hände, und sie doch weggehen würde.

»Weißt du«, fragte sie, »daß das Leben etwas Liebenswertes ist?« Aber ehe ich antworten konnte, fuhr sie fort: »Du wirst wahrscheinlich, denke ich, auch weiter nach jedem Strohhalm greifen, wirst dich weiter an Menschen hängen, und an Orte; und vor allem wirst du weiter die Welt liebenswert finden, denn das hast du stets getan. Ich tue es ebenso, mag ich auch kaum wissen, wer ich bin, und schon gar nicht, warum ich hier bin. Vielleicht bloß zu dem Zweck, um mich zu verwundern und den Menschen zuzusehen und zu erkennen, daß das Leben sein eigener Trost ist – obwohl man dies, glaube ich, nur dann zu erkennen vermag, wenn man die Überzeugung hegt, daß diese Welt die schlechteste ist, aussichtslos und unerfreulich und zum Untergang bestimmt, aber gerade dadurch so erstaunlich, so rührend und liebenswert, über alle Maßen.«

Sie schwieg, und ich hob ein wenig ihren Körper, damit sie in meiner Armbeuge liegen könnte. Der Regen fiel ununterbrochen und blühte vor der Nische auf wie Blumen vor einem Fenster. Und ich dachte, daß die Welt mit jedem Menschen von neuem liebenswert zu werden beginnt, daß sie nicht zu deuten ist; ferner, daß mein Onkel Antonin Alexander recht gehabt hatte, als er sagte: ›Das Paradies ist nebenan.‹ Und daß wir selbst auch erstaunlich sind, erkannte ich, und rührend, weil wir zerbrechlich sind, mißratene Götter, und von Anbeginn zum Untergang bestimmt, jeder von uns. Aber wir können immer spielen; jedermann kann spielen.

Es war merkwürdig, Marcelle zu lieben, merkwürdig schon, überhaupt jemanden zu lieben; denn ich hatte das noch nie getan. Ich nahm alles an ihr in mich auf: alles an ihrem Gesicht, das ich manchmal betastete, als schüfe ich es neu mit meinen Händen; alles an dem, was sie sagte und nicht sagte, an der Art, wie sie sich hofzuhalten bereitete, wie sie ihr Haar strählte und ihre Lippen mit einem Pinsel färbte. Sie tat es so ernsthaft wie ein Kind, das mit Erwachsenensachen spielt. Der letzte Handgriff des Zeremoniells war immer, daß ich die zarte Haut hinter ihren Ohren mit ›Ma Griffe‹ von Carven bestrich.

Am nächsten Tage saßen wir an der Saltsjön, unter den mächtigen Eichen von Djurgarden und sahen den Schiffen zu, die an uns vorbei aus der Ostsee kamen oder in sie einfuhren. Und Krähen waren es, die über uns schrien, mit lauter Stimme den Winter verkündend; denn überall sprach schon der Herbst, vor allem an den folgenden Tagen, im Binnenland, als wir nach dem Norden zogen.

Jetzt stand mir noch bevor, sie zu verlieren. An diesem Abend, da es stürmte.

Durch Lappland waren wir nordwärts gefahren und längs der norwegischen Küste wieder hinunter; und so kamen wir bis zum Nordfjord. Die Berge, vorne im Fjord zu mächtigen Tieren geduckt, polterten und zankten mit dem Sturm, und wir hörten das Wasser rufen und schreien. Der Regen peitschte uns; wir hielten uns gegenseitig fest und eilten zu einer Scheune, die wir von der Straße aus gesehen hatten.

Ich entzündete meine Laterne, und ich sah, daß Marcelle mich anblickte; ich bemerkte, vielleicht zum erstenmal, in ihren Augen eine Farbe von Blutjaspis.

Sie blickte mich an, wie sie mich angesehen hatte, als sie einmal etwas unpäßlich gewesen war, im Norden, bei Abisko.

»Bist du krank?« habe ich sie damals gefragt. »Oder bist du bloß traurig?«

Aber sie lachte und erwiderte: »O, mais tu sais que les filles ont des ennuis chaque mois.«

Jetzt sagte sie: »Wir sind traurig.«

»Ja«, entgegnete ich, »weil du weggehst.«

Wir standen etwas entfernt voneinander. Und plötzlich eilte sie auf mich zu; ich fing sie auf und bettete sie auf den Boden und küßte sie. Ich hielt sie fest, als könnte das ihr Fortgehen verhindern; denn ich wußte, daß sie gehen würde, ich wußte es: daß ich sie gesucht hatte und gefunden, daß sie zu mir gehörte und daß sie doch davongehen würde, allein.

Sie fuhr mir liebkosend über den Rücken, während ich sie in den Armen hielt und ihr Haar zwischen die Lippen nahm und auf die Zunge.

Vielleicht war es recht lange, daß wir so lagen – ich im Begriffe, sie zu verlieren, sie im Begriffe wegzugehen.

»Jetzt muß ich aufstehen«, flüsterte sie. »Jetzt muß ich fort.«

»Nein«, widersprach ich. »Das ist unmöglich. Es regnet, und du wirst krank.«

»Du weißt, daß ich gehe«, sagte sie. »Du weißt, daß ich allein sein muß; ich kann nicht bei anderen Menschen bleiben und dort wohnen.«

»Bei mir doch wohl!« rief ich. »Bei mir kannst du gewiß wohnen. Mit mir kannst du doch spielen, immerfort? Ich kann alle Widrigkeiten von dir fernhalten – wir haben ja jetzt auch miteinander gespielt, eine ganze Reise lang.«

»Ich weiß.« Sie hielt meine Hand fest. »Du bist der einzige, bei dem ich wohnen könnte – aber ich will es nicht, ich will allein bleiben. Und du weißt das.«

Ja, dachte ich, ich weiß es.

»Wirst du wiederkommen?« fragte ich. Aber sie sagte, sie würde nicht wiederkommen.

Und ich ließ sie gehen.

Ich weinte. »Es regnet«, sagte ich, »es regnet.« Sie jedoch sprach nichts mehr; sie faßte mich bloß mit beiden Händen im Nacken und küßte mich auf den Mund, lange. Und dann lief sie hinaus.

Und die Hände an die Türpfosten verkrampft, sah ich sie verschwinden. Manchmal beschien der Mond sie, hinter vielen Wolken hervor; und dann war sie ein Mädchen, das vom Mond gekommen ist und nun dorthin zurückkehrt, aus Heimweh.

Ich sah es, und ich rief: »Du mußt wiederkommen. Komm zurück! Es ist ja doch überall das gleiche« – bis ich sie nicht mehr sehen konnte und nur mehr allein war.

Lange oder nicht lange darnach kehrte ich zu meinem Onkel Alexander zurück.

»Bist du es, Philipp?« fragte er, als ich in den Garten trat.

»Ja, Onkel«, antwortete ich.

»Hast du mir etwas mitgebracht?«

»Nein, Onkel«, sagte ich. »Ich habe dir nichts mitgebracht.«

Cees Nooteboom
Nachwort

Vor langer Zeit, vor einer Ewigkeit von fast vierzig Jahren, saß ein junger Mann, mit dem ich den Vor- und Nachnamen teile, in der Stadtbücherei eines Provinzstädtchens in den Niederlanden. Er war dabei, das vorliegende Buch zu schreiben. Aufgrund der ständigen Machinationen der Zeit ähnele ich ihm nicht mehr. Doch wenn man mir eine Photographie von diesem schmächtigen, romantisch dreinblickenden Fremden zeigt, wird mir die grausame Entstellung dieser jugendlichen Züge bewußt, die in meinem Gesicht Gestalt angenommen hat.

Er war in jener Zeit geprägt durch das Kriegschaos und die mittelalterliche Erziehung in einer Klosterschule der Augustinermönche; aber er schaffte es irgendwie, einen Traum zu bewahren, der zu seiner, oder der niederländischen, Wirklichkeit keine Beziehung besaß. Innerhalb weniger Monate sollte der Traum in diesem Buch eine bündige Form erhalten, als sei er von einer Instanz diktiert, die niemals einen Namen haben würde.

Das Buch erschien, und von da an bezeichnete man ihn in seinem Land als Schriftsteller. Ihm war wahrscheinlich als einzigem bewußt, daß dies für lange Zeit sein einziges Buch bleiben würde. Die Wirklichkeit jenes Sommers des Jahres 1954 entsprach, so hatte es den Anschein, nicht völlig seinem Traum. Erst sehr viel später, nachdem er die Welt ausgiebig und in vielen Eigenschaften bereist hatte, sollte er ein weiteres Buch schreiben, und danach viele andere.

Wenn man ihm gegenüber, der sich zu dem unvermeidlichen Ich entwickelte, das ich bin, sein erstes Buch erwähnte, hatte er ein unbehagliches Gefühl, als sei es nicht wirklich von ihm. Er vermied dessen Lektüre, so wie man es zuweilen ablehnt, eine Aufnahme von sich selbst zu betrachten, und zwar nicht aus Furcht oder Trauer, sondern einfach weil das

Geheimnis des Vergehens der Zeit zu verwirrend geworden ist. Das Buch, wie die Photographie, würde sich der auf immer verlorenen Mischung aus unmöglicher Unschuld, Kraft des Traumes und glückseliger Unerfahrenheit widersetzen. Wenn er trotzdem einen Blick auf eine Seite oder einen Abschnitt warf, war er über seine bis ins letzte reichende Erkennbarkeit erstaunt. Er war nicht genügend weltläufig gewesen, um etwas zu verbergen, und so zog er es vor, den jungen Fremden, der dieses Buch geschrieben hatte, zu ignorieren und ihn für ein unwahrscheinliches prähistorisches Selbst zu halten, dem es auf irgendeine Weise gelungen war, nicht zu sterben, sondern Einlaß in sein späteres Leben zu verlangen.

Dann, nach all diesen Jahren der Mißachtung, spazierte der junge Mann in Kalifornien, am anderen Ende der Welt, in einen Hörsaal, in dem eine Gruppe von Studenten seines Alters einem alten Mann von 53 Jahren zuhörte, der mit fast entschuldigenden Worten über das von ihnen beiden geschriebene Buch sprach. Aber dieses Mal hatte der junge Autor Verbündete. Als der alte Mann die »grauenhaften Zeitläufte« als Grund anführte, warum er das Buch zugunsten seiner späteren Werke ignoriere, widersprachen ihm die Studenten und erklärten ihm dieses Buch. Sie sagten ihm, er habe überhaupt kein Recht, den jungen Mann zu zensieren, daß es nicht mehr seine eigene Angelegenheit sei, daß sie möchten, der junge Mann solle sein Buch in ihrer Sprache publizieren, und daß er, ihr Lehrer, viel zu alt sei, um ein solches Buch zu verstehen. Sie zitierten Namen und Sätze aus dem Buch, an die er sich vage erinnerte, und er war zugleich beschämt und erfreut. Irgend etwas hatte irgendwie all diese Jahre überlebt, und nun wurde ihm dieses unbenennbare Etwas durch junge Augen und junge Stimmen zurückgegeben. Diese waren zwar nicht in der Lage, den Verlust der unwiederbringlichen Zeit rückgängig zu machen, aber durch ihre Stimmen hindurch hörte er die eine unverkennbare Stimme, die einst, in einem lang vergangenen niederländischen Sommer, aus dem anscheinenden Nichts heraus, eine Erzählung begann mit den Worten »Mein Onkel Antonin Alexander war ein merkwürdiger Mann.«

Berkeley, Kalifornien 1986

(*Aus dem Englischen von Robert Bous*)